JN201670

窓の向こう、その先に

田村理江 作　北見葉胡 絵

岩崎書店

窓の向こう、その先に

目次

1　一番すきな場所

教室の前の廊下で、男子たちが騒いでいる。

「やべー！　入浴シーンじゃんか」

「マジ？　見せろよ」

「ほんとにハダカだー」

「いいのかよ、ネット公開なんかして」

あんまり騒ぎが大きいのと、聞こえてくる言葉がショッキングなので、昼掃除をしていた穂乃果と麻衣も廊下に飛び出した。いろんなクラスの男子たちがひとかたまりになって、何か熱心に見ている。

廊下の端の一組からも、女子がひとり、勢いよく駆けて来た。乃愛だ。今日も、全身に光をまとったように輝いている。

「こらー！　あんたたち、ストップ、ストップ！」

乃愛が叫ぶと、男子たちはギョッとしてふり返った。

「ひとのチビのころの写真で遊ぶんじゃないわよ！」

怒られた男子たちは、ちりぢりに自分の教室へ消えていく。怒られたっていうのに、みんな、なんだかうれしそう。

そりゃそうだろう、乃愛は学年一、いや学校一、もしかしたら、この町一番の美少女なのだから。

騒ぎのすぐそばで様子を見ていた麻衣が、穂乃果のところにもどってきた。

「なんだと思う？　今の」

「なんだろ？　なに見てたのかな？」

誰かの「ハダカ」という言葉を思い出し、穂乃果は口ごもった。

「あいつら、アホみたい。ネットの画像をわざわざ印刷して持ってきてるんだよ。倉橋乃愛の写真。しかも、赤ちゃんのころの」

「あ、なーんだ」

赤ちゃんのころのかぁ。穂乃果は苦笑いを浮かべた。ちょっとだけ、乃愛の白い肌を想像して、真っ赤になった自分がおかしかった。

教室にもどると、麻衣はさっきより箒をせわしなく動かしながら、

「倉橋乃愛って、いっつも騒動を起こすよね」

と、穂乃果にあいづちを求めてきた。

「うん」

「裏門を開けっ放しにしたのも、あの子のしわざだってよ」

登下校の時間以外は、裏門にかんぬき型の鍵がかかるようになっているけれど、誰かがそれを引き抜いて、出入り自由にしていると先生たちが困っていた。そういうことが何度も続いた。

「倉橋乃愛ってさ、悪いことやってるくせに、センターキャラから外されないよね。なんでだろ？」

穂乃果も考える。乃愛のやることは、大胆だけど誰かを傷つけたりしないから？　乃愛がすごく魅力的な女の子だから？　ほんとはみんな、そんないたずらをやりたいと思っているから？

心の中で穂乃果は、そっとつぶやく。

（わたしとは全然ちがう）

時々、穂乃果は自分が乃愛だったら、という空想をして楽しんでいる。リレーの選手を決めるときも、校内発表会の主役を選ぶときも、週末のお出かけのメンバーを誘うときも、〝乃愛〟になった自分は真っ先に声をかけられるんだ。

そうしたら、余裕たっぷりの笑顔で、こう言おう。

「いいわよ。おもしろそうだから、わたし、やってみる」

みんなの拍手！　――と、ここまでうっとり想像してから、穂乃果は急に、真顔にもどった。掃除の時間が、あと少ししか残っていない。まだつくえを半分も運べてないじゃないか。

麻衣に、

「急ごう」

と言われ、穂乃果もつくえ運びに集中した。

五時間目は国語。今日はめずらしく作文の時間になった。三上先生が黒板に書いたテーマは『わたしの一番すきな場所』。

教室は静かで、シャーペンを走らせる音しか聞こえない。穂乃果はまだ決めかねていた。

（一番すきな場所ねぇ）

真っ先に浮かんだのが、ベージュ色の窓わくだ。自分の家の、リビングの東側にある、広げた新聞紙ほどの大きさの窓。

いつも穂乃果は、小さな子がするみたいにソファに逆向きにすわり、ひんやりした窓わくにアゴをのせる。細い針金が格子模様を作るガラス窓に、ほっぺたをくっつける。そうして、暗くなるまで、目の前を行き交う電車をながめ続けるんだ。

（その風景が、一番すき。でも……）

自分の家の窓がすきなんて、やっぱりつまらないかな？　穂乃果のシャーペンが、原稿用紙の上を行ったり来たりする。最初のひと文字が、なかなか書き出せない。

（すきな理由を書かなきゃ、文にならないよね）

わたしの家の窓から、駅がよく見えます。

一行書いたら、ホッとした。次の文を、すぐに思いつく。

いろいろな色の電車が見えます。わたしは、電車を見るのがすきです。

原稿用紙のマス目は、まだまだ残っている。穂乃果は続きを考えた。

いつも同じ時間に、同じ電車が通り過ぎます。それに、いつも同じ時間に、同じ人が乗っていることがあります。月曜から金曜までの、夕方四時の電車に、いつも乗っているおじいさんがいて

そこまで書いて、穂乃果はシャーペンを消しゴムに持ち替え、書いたばかりの文をいっきに消した。

午後四時ジャストに駅を出発するオレンジの電車に、かならず乗っているひとりのおじいさん。いつのころからか、穂乃果が窓ごしに見ているのに気づいて、車窓から手をふってくれるおじいさん。

(わたしは、あのおじいさんが気になるんだ)

名前も、年も、何も知らない人のことを、作文に書いたりするのは変だろう。

(あーあ、これだから作文って苦手)

気持ちのままに書こうとすればするほど、はずかしくなり、別なことを書いたら書いたで、それは嘘になってしまう。

（なら、あそこはどうかな？　去年の夏休み、お父さんに連れていってもらったインターナショナル・ビジョンセンター）

小さなころから、なぜか電車がすきな穂乃果のために、お父さんは『未来の町と電車展』のチケットをもらってきてくれた。会場のインターナショナル・ビジョンセンターは、それ自体がアートっぽくて、すごくおもしろい建物だった。ガラスばりの巨大な丸いビルが、高原の中に二つ並んでいた。ビルのちょうどまん中あたりに、二つのビルをつなぐ橋がかかっていて、遠くからながめると、全体が『丸メガネ』みたいに見えた。

（展覧会も楽しかったし、あのビルもかっこよかった。うん、あそこはすき）

原稿用紙に「インター」と書いたところで、また穂乃果の手が止まる。よく考えたら「電車展を見に行った」なんて変かもしれない。一年生のころ、電車がすきと言って、友だちに男の子みたいって笑われたっけ。今は、ジェンダーの授業があるから、男も女もないって知っているけど、あのときのはずかしさが残っている。

（やめよう。一度しか行ったことない場所を、一番すきっていうのも、ちがう気がする）

ななめ後ろの席の麻衣が、となりの子にしゃべりかけているのが聞こえた。

「トロピカルランド！　映えスポットだらけで、楽し過ぎるところだよ」

今、まさに遊園地にいるような声。トロピカルランドには、今年の夏、麻衣のおじいちゃんとおばあちゃんに誘われ、穂乃果（ほのか）もいっしょに連れて行ってもらった。ジャングル風に作られた広い遊園地で、カヌーに乗ったりフラダンスショーを見たり、楽しかった。

（あそこもすきだけど、麻衣（まい）のまねっこになっちゃうな。ショッピングモールの中にあるミニ遊園地にしようかな？　ペガサスのメリーゴーランドがかわいいもん。けど遊園地じゃ、麻衣とかぶっちゃうし――。うーん）

作文というのは、なんて気をつかう勉強なんだろう。さんざん悩んで結局こう書いた。


わたしのすきな場所は、駅前の自転車置き場のとなりにできた小さな公園です。


学校からは遠いし、できたばかりだから、みんな知らないはず。ほかの誰（だれ）かに書かれることはないだろう。静かでいい感じの場所。だけど、一番すきかって聞かれたら……。

（嘘（うそ）つきだな、わたしって。でも、いいや）

書き始めたときに、先生がパチンと両手を鳴らした。

「さぁ、みんな。だいぶ書けたかな？　まだ思いつかない人はいる？　どこでもいいのよ。みんなで行く遊び場とか、自分の部屋だとか。そうだわ、五年二組のことだっていいのよ」

誰かがすかさず、

「教室しかすきなとこないなんて、さみしー」

と茶化したものだから、あちこちで笑いが起こった。

「しーっ！　静かに。続きを書いて。チャイムまで書き終わらなかったら、宿題にします」

先生のひと言を合図に、教室にはまた、シャーペンの音が満ちていく。穂乃果も急いで、あたりさわりのない言葉を原稿用紙に埋めていく。

2　ノアノアブログ

帰りの時間。くつ箱の前で麻衣を待っていたら、乃愛たちのグループもちょうど帰るところらしく、階段をおりてきた。

「じゃあ、オーロラプラザの入り口のとこで、十時にしようか？」

「プラザの中に、クリストファー・エルフが入ってるでしょ？　あそこ見たい」

「いいね、いいね。お茶するいいお店も近くにあるよ、新しくできたとこ」

週末の約束をしているみたいだ。オーロラプラザは穂乃果も名前だけは知っているけど、〝奥渋〟と呼ばれる渋谷の隠れた裏通り、おしゃれな人たちが行くような場所にある。

穂乃果にしたら渋谷駅にだって、年に一、二度しか行かず、それもかならず親といっしょだから、友だち同士で奥渋でショッピングなんて（さすが）と、ため息が出てしまう。乃愛を取り巻く一組の女子グループは、そろってキッズ・モデルふうで、はなやかだ。

（世界がちがうって感じだなぁ）

穂乃果がうっとり見つめていたのを察したらしく、乃愛がこっちに顔を向けた。穂乃果はあわてて目をそらしたが、その少し前、乃愛が自分にニコッとほほえみかけてきた気がした。ほんの一瞬の出来事。なのに、穂乃果の心はパァーっと明るくなった。

乃愛たちは昇降口から出て行く。穂乃果と乃愛は、何も言葉を交わさない。バイバイも言い合わない。だって、一度も同じクラスになったことがない間柄だ。友だちでもなんでもない。

（だけど、笑いかけてくれた）

すごく親しげに。絵に描いたようなきれいな笑顔で。穂乃果はパーカーの上から、まだドキドキしている胸を押さえた。

「穂乃果ー、ごめーん、お待たせー」

麻衣の声が、姿よりも先に階段をおりて来た。息せききった麻衣が、穂乃果のもとにやって来る。

「先生が職員室にいなくってさぁ、どこにいたと思う？　三階の廊下。あっちこっち探しちゃったよ。ほんと、ごめんね」

「いいよ、いいよ」

日直のバッジは、当番が先生に手渡しで返すという決まりがある。

「大変だったね。さ、帰ろ」

「あれ？　なんか、いいことあった？」

「なんで？」

「ゴキゲンな感じする」

「なんにもないよ」

仲良しの友だちは敏感だ。穂乃果がウキウキしているのは、もちろん乃愛の笑顔の余韻だけど、それは秘密。

「今日はおばあちゃんたちが来るから、穂乃果んちに遊びに行けなくて残念。明日は行くね」

「うん、ビーズアクセサリー、おそろいで作ろう。いろんなパーツを買っといたよ」

「楽しみぃ」

学校から家までは、穂乃果の足で二十分ほどかかる。夏休み前までは、穂乃果も麻衣も、登下校のチャイムが聞こえるくらい学校に近い、同じ社宅に住んでいたのに。

その社宅が地震に弱い建築だとわかって、大人たちの間で問題になり、ついには建物をからっぽにして大がかりな修理をすることになった。住人たちは、バラバラに〝仮の家〟をあてがわれた。

麻衣の家族は、五丁目のデザイナーズ・マンションのひと部屋へ。穂乃果の家族は、私鉄の駅の真ん前にある、がんじょうそうな古いビルの三階へ。

それぞれの引っ越しは夏休み中に行われ、すでに引っ越しを終えていた麻衣が、穂乃果の荷造りを手伝いに来てくれたっけ。

そのとき、麻衣は「うち、ラッキーだったな」と、新しいマンションがいかにおしゃれか、うれしそうに語っていた。

でも穂乃果は、全然うらやましくなかった。小さなころから電車がすきな穂乃果にとって、今度の家は、すばらしく都合のいい造りだったから。

初めてリビングに入ったとき、穂乃果のお父さんもお母さんも、

「電車の音がうるさい」

と、不満そうだった。逆に穂乃果は、目をキラキラさせていた。東向きの窓をのぞくと、間近に駅のホームが見えるのだ。

通りを一つ隔てた駅は、高架線の上を電車が通ってくるため、階段をのぼったところに改札口がある。ちょうどビルの三階あたりの高さで、穂乃果の家のリビングからは、真っすぐに駅全体が見渡せた。

大きな駅じゃないけれど、上りと下りの電車が数分おきにやって来て、ときには風を切る速さで急行が通過する。電車が止まれば、たくさんの人が駅にあふれ、改札口からちりぢりにどこかへ消えていく。

あの人たちはどんな用事をかかえ、どこへ行くんだろう？

下り電車の終点は『柴山台』という名前の、別の県の町だ。穂乃果はまだ、上りの電車しか乗ったことがない。あの電車に乗って、下り方面へどこまでも行けば、見たこともない町に連れて行ってもらえる。

どんな風景の、どんな町だろう？

そんなことを空想していれば、たいくつな夕方が、あっという間に過ぎてしまう。

（わたし、この窓がすごく気に入った！）

引っ越してきた日に、穂乃果はベージュの窓わくを両手でなでながら、

「これからしばらく、よろしくね」

と、つぶやいたものだ。そして今も、ここが一番すきな場所になっている。


翌日の放課後、穂乃果は麻衣といっしょに校門を出て、葉の落ちたプラタナスの並木道を二人で歩いた。とちゅう、穂乃果は、

「あ、ちょっと待ってて」

と、通りぞいのコンビニに寄り、おにぎりを二つ、スナック菓子をひと袋、買った。

「そのおにぎり、おやつのつもり？」

穂乃果は、

「まさかぁ」

と、照れたように小さく首をふった。

「今日の夜ごはんだよ。お母さん、忙しくて準備できなかったから」

「なんだ、びっくりしたぁ。給食いっぱい食べたのに、おにぎりまで食べたら太っちゃうもん」

麻衣は、春の健康診断で、標準体重より少し重めだったのを、おおげさに気にしている。

「それにしても穂乃果はえらいよ。毎日、ひとりで留守番して、ひとりで夕ごはん食べて、大人だなぁ」

「そんなことない。しかたないから、そうしてるだけ」

穂乃果の両親は、同じパソコンメーカーで働いている。穂乃果の生まれる前から、ずっとそうだった。

お母さんは、パソコンに使うチップという小さな機械を研究していて、お父さんは液晶画面の部品を売る仕事。二人とも、とても忙しい。

だから穂乃果は、学校が終わってから夜になるまでの長い時間を、ひとりきりで過ごさなければならない。

さみしい、と思うときもある。でも、こうやって、しょっちゅう麻衣が遊びに来てくれるし、窓をのぞけば電車が見えるから、気がまぎれる。

「おっじゃましまーす」

穂乃果の家に着くなり、麻衣はリビングのソファにドシンとすわり、両足をガラスのテーブルの下に投げ出した。

「ふぁー、疲れた。穂乃果んち、もっと近かったらいいのにね」

来るたび同じ文句を言うので、穂乃果はクスッと笑ってしまった。二日に一度は、放課後どちらかの家に寄るほど、仲良しの二人。生まれたときから同じ社宅だったせいもあるけれど、ふしぎと気が合う。いっしょにいると楽しい。

穂乃果は冷蔵庫からオレンジジュースを出し、さっき買ったスナック菓子とともに、テーブルに運んだ。

「いいよ、いいよ、おかまいなくぅ」

いちおうは遠慮する麻衣だけど、一秒後にはお菓子に手がのびている。両ほほをふくらませながら、

「三上ちゃんの今日の服さぁー」

担任の話を始めた。麻衣は三上先生を学校以外では「ちゃん」づけで呼ぶ。

「ブラウス、フリフリだったじゃない？　ピンクだよ。おまけにハートの刺繍が入ってて」

「うん、かわいかったね」

「あれって、ぜーったい、男子の人気とりのためだよ。『かわいいおねーさん』のつもり

じゃない？　いくつよ。幼稚園の先生じゃないんだから、キリッとしてほしいね」

「そうかな、先生、やさしいじゃない」

「やさしさがちがうんだよね。ただニコニコしてるだけで怒らないし、先生らしくない。頼りないっていうか」

　大学を出てまだ三年目の三上先生は、確かに「おねえさん」という感じで、クラスのもめごとなんかをうまく解決してくれないことが多い。

キレやすい金子君が授業中に暴れ出したときも、オロオロしっぱなしで、穂乃果でさえ（もうちょっとしっかりして）と思ったものだ。

「フリフリって言ったらさぁ、倉橋乃愛も、よくフリフリ着てくるよねぇ」

　麻衣の話題は、もう別の方向へ変わっていた。

「今、パソコン見れる？」

「うちのパソコンは勝手にいじっちゃダメって言われてるから……」

「じゃあ、いつか見てよ。ネットで『ノアノアブログ』って検索すると、倉橋乃愛のお母さんのブログが出てくるよ」

「ノアノアブログかぁ」

「乃愛の写真をいーっぱい載せてるのよ。赤ちゃんのころからずっと」

「こないだ、男子たちが見てたのも、それかな？」

「うん。アーカイブで古い写真も見られるからね。乃愛のお母さん、きれいな乃愛が自慢なんだろうなぁ。それにしても、肖像権とか、どうなんだろ？」

麻衣は、今日の総合の時間に習ったばかりの言葉を、早速使った。ネットに載せた写真が、悪用されたり、何十年も後まで残ってトラブルになったり。写真を載せるときは、よっぽど注意しなきゃならない、と先生がくり返していたっけ。

「ハダカの写真がどうのって騒がれたのも、乃愛の親の責任だよね。あの子自身がやったんじゃないのに、かわいそ」

スナック菓子の袋が、からっぽになった。ふと時計を見上げたら、もうじき四時。穂乃果は麻衣に気づかれないよう、なるべく自然な動作で、すぐ後ろの窓に目をやった。

なのに、

「あっ、駅、混みはじめたね」

麻衣までいっしょになって、窓をのぞきこむ。

「ここ、急行止まんないのに、人、多いよね？　あ、見て、セーラー服のちっちゃな子。一年生かな？」

「どこ？」

「あそこ、あそこ」

「ほんとだ。電車で毎日、学校に通ってるなんて、すごいな」

「改札を定期でピッと通るのって、かっこいいかも」

「うんうん」

「ホームの売店まで見えるね。キャラメル味のポップコーン、売ってるかな?」

「うーん」

「箱までは見えないね。双眼鏡(そうがんきょう)とかあればなぁ」

「んん」

穂乃果の返事は、だんだん頼(たよ)りなくなっていく。だって――。

ほら、オレンジの下り電車が、時間通りにホームにすべりこんできた。穂乃果の窓と、ちょうど対面する位置の車窓に、今日もおじいさんが乗っている。

「わっ、なに、あれ?」

「ん?」

知らんぷりするはずだったのに、麻衣に肩(かた)をゆさぶられた。

「見てよ、あそこに乗ってるジジイ。やだ、キモい。こっちにハンカチふってるよ」

それは、今月半ばあたりから、おじいさんが始めた習慣(しゅうかん)だ。習慣というより、合図。

穂乃果が熱心に電車をながめているのに気づいたおじいさんが、穂乃果のために考え出してくれた「返事」のシグナルなんだ。

実際に話したこともないおじいさんだから、本当のところはわからないけれど、たぶん、そう。

アナタガ、マドカラ、コッチヲミテイルコトヲ、ワタシハ、シッテイマスヨ

白いハンカチは、音のない言葉を穂乃果に届けてくれる。窓の向こうのおじいさんは、いつも温かくほほえんでいる。

「頭おかしいんじゃないの？　ずっとハンカチふってる」

事情を知らない麻衣が、おじいさんの悪口を言い続ける。穂乃果は今日ばかりは（はやく電車が行ってしまえばいい）と願った。おじいさんの悪口を聞くのがつらかった。それ以上に、自分がおじいさんと顔見知りだと気づかれるのが、はずかしかった。

「世の中、変なやつって、ほーんといっぱいいるよねぇ。こないだなんか、アフロヘアに豆電球つけてピカピカさせてる人、見ちゃってさぁ」

麻衣はもう窓に背を向け、ジュースを飲んでいる。穂乃果もホッとして、麻衣の話にあいづちをうった。

3　夕暮れのふしぎな出会い

おじいさんの年は、たぶん七十をちょっと超えているだろう。穂乃果のおじいちゃんより、ずっと年上に見えるから。

おじいさんのわりに背が高く、姿勢がいい。髪の毛は白いけれど、おもながの顔に口ヒゲをたくわえ、ふちのないメガネをかけた様子が紳士っぽい。

服装も、いつもパリッとしている。グレイのジャケットに明るい色のスカーフを巻いていたり、若々しいグリーンのハーフコートに黒いハンチングをかぶっていたり。おしゃれなおじいさんだ。

ハンカチは、いつだって白。穂乃果をめがけて小さくゆれるハンカチは、ときには真っ白な鳩や蝶のように見える。

ハンカチをふってくれるようになったのは、いつごろだっただろう？　この窓をながめ始めたのが、八月の末。四時の電車に、かならず同じおじいさんが乗っていることに気づいたのは、九月の半ば。

おじいさんのほうも穂乃果に気づき、やがて秘密の合図が送られてくるようになったのは、

（そうだ、十月の十四日。うん、そう、ぜったい。校内音楽会が終わった日だもん）

だとすると、二週間も続いていることになる。おたがい全く知らない者同士だし、ビルの窓と電車の窓、二人の位置は最初から少しも変わっていないのに、心の距離だけは日ごとに近づく気がする。穂乃果にとって「おじいさん」は、今ではもう、家族や友だちの次にくるくらい「親しい」感じがするんだ。

（いつか会って、話ができたらいいなぁ。そんな日は来るのかなぁ）


十一月に入ると、お父さんとお母さんの仕事は、ますます忙しくなり、その日も二人とも、帰りが夜遅くになりそうな気配だった。

「ホノちゃん、ごめんね」

お母さんは、慌ただしく朝ごはんの支度をしながら、穂乃果の顔をのぞきこんだ。

「ここのところ、夜ごはんの用意ができなくて。ちゃんと食べてる？　ちょっとやせたんじゃない？」

「食べてるよ。コンビニで焼きおにぎりを買ってるんだ。あれ、おいしいもん」

「ダメダメ。おにぎりだけじゃ、栄養がつかないわ」

玄関わきの床に穂乃果が置いたランドセルを、お母さんは運んで来た。

「夕食代として千円、入れておくわよ」

お札をきちんとたたみ、りんごの形をしたお財布に押しこんでいる。穂乃果はこうやって、毎日おこづかいをもらう。たぶん、ふつうの小学五年生にくらべたら多い金額だろう。ひとりで夕食をとる穂乃果をかわいそうに思って、お母さんはお金でその埋め合わせをする。

「ホノちゃん、今日は駅前のスーパーで、お弁当を買いなさい。あそこに自然食コーナーがあるでしょ。いろんなおかずが入った、からだにいいお弁当を売ってるのよ」

「ああ、あそこね」

「約束よ。おにぎりじゃなく、お弁当」

「はーいはい」

午前七時四十五分になると、お父さんが、

「穂乃果、行ってくるよ」

毎朝のおまじないみたいに、穂乃果の背中を軽くたたいて、会社へ出かける。八時に穂乃果は学校へ。十分後には、お母さんが小走りに会社へ向かう。

そして家は、からっぽになる。


学校から家にもどった穂乃果は、お母さんの言いつけを守ろうかな、と玄関にランドセルをおろし、駅前に向かおうとした。

「あ、でも、その前に……」

計算ドリルの宿題があるのを思い出した。どうせ今日中にやらなきゃならないんだ、先に終わらせ、それからゆっくり出かけよう、と考え直した。

たった一ページ分の問題だったのに、意外と時間がかかり、答えを全部埋めたら四時近くになっていた。さっさと買い物のほうもすませたかったけれど、大急ぎでお弁当を買ってきても、レジが混んでいたら四時にはもどってこられないだろう。

「よし！　電車を見送ったら、すぐに出かけよう」

こういう手持ちぶさたなときほど、時間の進み方が遅く思える。一分が何倍にも感じられ、それでも確実に時は過ぎ、やがてリビングの時計が四時を指した。

穂乃果はベージュの窓わくにアゴを乗せ、おじいさんの姿を探した。

「あれ？」

いない。いつも、おじいさんがハンカチをふるあの窓には、セーラー服のおねえさんたちがひしめいていた。こんなことは初めてだ。となりの車窓も探したけれど、やっぱりどこにもいなかった。

「どうしたんだろう？」

病気かな？　それとも、混んでいて、窓ぎわに寄れなかったのかも……。理由をあれこれ考え、穂乃果は自分を励ました。決して「忘れられた」なんて思わないように、自分で作りあげたもっともらしい理由を、心の中でくり返した。

「うん、混んでたから、見えなかったのよ。今日の電車、いつもよりずっとギュウギュウだもん」

オレンジの電車は、とっくに走り去っていた。ホームにはまた新しい乗客が、いびつな列を作っていた。穂乃果は大きなため息をひとつついて、やっと窓から離れた。

「買い物へ行こう」

気分がしずんでいる。ビルの階段をおりる足どりも、重かった。

お母さんが「駅前の」と呼ぶスーパーは、正確には駅の一階に入っている店のことだ。

改札口が三階にあって、一階が大型スーパー、二階が美容室とスポーツクラブになっている。スーパーのわきが自転車置き場の細長いスペースで、そこをぬけると、穂乃果が作文に書いた小さな公園がある。

穂乃果はうつむきかげんで、スーパーの入り口をめざしていた。駅の改札へと続く広い石段を通り過ぎれば、すぐそこが自動ドア。だけど――。

穂乃果の足は、とちゅうでピタリと止まってしまった。

こっちを見ている人がいたから。

石段の端にすわって休んでいる、ひとりのおじいさん。あれは――。

(!)

白いハンカチのおじいさんだ、まちがいない。

おじいさんのほうも、驚いた顔をしている。

穂乃果はとまどいながら、ぎこちなくおじいさんに近づいていった。おじいさんも、つえを支えに立ち上がると、穂乃果のほうに近づいて来た。

「お嬢さん」

「こ、こんにちは」

予想もしていなかった出来事に、穂乃果はドギマギする胸をおさえ、早口であいさつして頭を下げた。

「なんとまあ、幸せな偶然でしょう。こんなところでお目にかかれるとは」

おじいさんのほうは、もう落ち着いていた。その声は低く、張りがあり、姿にふさわしい品のいい響きだった。

「今日は朝から、十一月とは思えぬ陽気でしょう？　空がきれいで、春のようで。良い天気のときは、気持ちも明るくなる。気持ちが明るければ、おのずと良いことも寄ってくるものですね」

だまったままの穂乃果に構わず、おじいさんは笑顔でしゃべりかけてくる。

「そこのビルを近くでながめたいと思って、初めておりてみたのです」

おじいさんが指さしたのは、穂乃果の今の家だった。

「良い建物です。もう五十年は経っているでしょうね。昭和のころにはやったウロコ状のぬりかべが実に美しい」

「美しい？」

穂乃果には、ただの古いビルにしか見えない。

「ええ。この手の建物は、昔はいくつも見かけたものですが、大部分が取り壊されてしまい、いまや貴重なのです」

穂乃果もおじいさんといっしょになって、見慣れたビルを見上げた。言われてみると、なんとなくすてきに思えてくる。おじいさんが、やさしくほほえんだ。

「あの窓からのぞく、かわいらしいお嬢さんとも、いつかお目にかかれる日が来るかもしれない、などと暇にまかせて想像しておりました」

一方的なおしゃべりなのに、いやな感じはしなかった。おじいさんの表情がおだやかで、口調も本当にやさしいせいだ。

「おつかいですか?」

聞かれて、穂乃果はコクンとうなずいた。

「では、お急ぎですな。長話をしちゃ申し訳ない」

おじいさんはそう言い、

「また、お目にかかれますように」

大人を相手にしているかのように、丁寧に頭をさげ、ゆっくりした足どりで駅の階段を上がっていった。

そのときだ、

「二組の米田さん!」

呼ばれて、あわてて真顔にもどった。すぐ横に、なんと一組の倉橋乃愛がいた。シル

3　夕暮れのふしぎな出会い

バーのスキニージーンズに、キャンディがプリントされたミニスカートを重ね、八十年代風なショッキングピンクのスタジャンをはおっている。いつもながら、ポップなかっこう。にぎやかな駅前の中でも、ひときわ目立っている。

「倉橋(くらはし)さん……」

「買い物？　わたしも。ハンバーガー買って、夜ごはんにするとこよ。ポテトもつけよう。Sサイズにしとこうかな。でも、おなかすいてるからMかな。迷(まよ)うなぁ」

リップでもぬっているんじゃないかと思うくらい、きれいなくちびるに、人さし指をあてて考えている。それから、いきなり穂乃果(ほのか)に顔を近づけて、言った。

「今の人、知り合い？」

穂乃果がはげしく首を横にふると、乃愛(のあ)はうたぐり深そうに、

「だって、あいさつしてたじゃない。親しそうに」

と、つっこんできた。

「今日、初めて話したのよ。名前も知らない人」

これは本当。

「ふーん」

乃愛は、くっきり二重の印象的(いんしょうてき)な目で、穂乃果をじっと見た。ドキドキして身がすくん

だ。変なところを見られたばつの悪さよりも、学校一の美少女と、こんなに近くで話している現実が、穂乃果の胸を高鳴らせた。

乃愛は、駅の階段に目を移し、

「あの人、なんか見たことあるなって思ったから」

それだけ言うと、

「ま、いっか」

自分で話を終わらせ、夕闇をはね返す明るい笑顔になった。

「おなか鳴っちゃいそうだから、わたし、行くね。バイバーイ！」

スーパーとは別の入り口に、駆けていった。穂乃果もお弁当コーナーへ急ぐ。今日は、なんだかふしぎな日だな、なんて思いながら。

4 仲良しなのに楽しめない

ベッドにすわった穂乃果(ほのか)は、さっきから何をするでもなく、ただウキウキと、物思いにふけっていた。

「おじいさんとお話、しちゃったよ」

ひとり言が口をついて出る。

「いい人そうだったなぁ」

顔は知っているとはいえ、どこの誰(だれ)かもわからない人とおしゃべりするなんて、大冒険(だいぼうけん)だ。先生たちからは、知らない人が話しかけてきたら、ぜったい相手にするなって言われているのに。

「でも……」

おじいさんとのおしゃべりは、すごく自然だった。まるで、親せきのおじいさんのように。昔から近所に住んでいるおじいさんのように。

「今日は金曜かぁ」

穂乃果は、かべにかかったカレンダーに目をやった。週末の電車には、おじいさんは乗っていない。ということは、次におじいさんが駅を通るのは、来週の月曜日。

「また会えるかな？　四時に駅へ行けば、もしかしたら……。あした、あさって、しあさって」

指をおって、次のチャンスまでの時間を計る。ふだんならお母さんやお父さんの帰りが待ち遠しい夕暮れなのに、どうしてだろう、今日の穂乃果はひとりでいるのがうれしくてしかたない。

土曜日の午後、リビングに置いてあるパソコンで、朝からカードゲームをやっていたお父さんが、

「穂乃果、使うか？」

きりがついたらしく、パソコンを貸してくれた。

「あ、やるやる」

検索画面に『ノアノアブログ』と入れてみる。出てきたタイトルをクリックしたら、いきなり乃愛の写真が現れた。ゴスロリっていうのかな、フリルのたくさんついた黒っぽい短いドレスを着て、学校ではツインテールにしている髪を、クルクル巻いている。

「お人形みたい……」

投稿者は「ノアママ」とあり、コメントとして「今日のムスメ、ゴシックムード。ヘアスタイル作るのに二時間かかった。これで近所のスーパー行くと?(笑)」と書かれていた。

「あら、かわいいわね」

後ろを通りかかったお母さんが、いっしょに画面をのぞきこむ。

「一組の倉橋さんだよ、これ」

「ああ、あの倉橋さんね」

お母さんたちの間でも、乃愛は有名みたいだ。

「お母様は、そんなに目立つ人じゃないけど、娘さんは美人ねぇ」

保護者の会で、何度か乃愛ママを見かけたらしい。小柄で、やや太めで、ふつうのおばさんなんだって。

「お父様がすごいハンサムなのかしら?」

「倉橋さんち、リコンしてお父さんいないって、一組の子が言ってたよ」

「あらそう」

ブログをスクロールする。ほぼ「ノアの写真集」状態で、たまーに「お料理」とか「風景」の写真がはさまれていた。落ち葉の並木道をブーツで歩く乃愛。カフェの看板にもたれて、ドーナツをほおばる乃愛。自転車に乗ってVサインする乃愛。どれも完璧に、すてきな絵になっている。

「この子なら、モデルさんになれるんじゃない？」

お母さんまで、洗濯物をたたむ仕事を中断して、ノアノアブログに見入ってしまった。

過去の記事には、この間、男子たちが騒いでいた〝入浴シーン〟もあった。

「赤ちゃんのころから、かわいかったのねぇ、この子」

「うん。昨日ね、駅前のスーパーのとこで、会ったんだよ。しゃべっちゃった」

おじいさんのことは、ないしょ。

「お弁当、おいしかった？　ピーマンとかニラとかも、残さず食べたでしょうね」

お母さんの関心は、もう「スーパーで買ったお弁当」のことに移っていた。

穂乃果はブログを閉じ、部屋にもどった。

つくえにほおづえをつき、乃愛になった自分を空想する。道を歩けば「モデルになりませんか？」とスカウトされ、おしゃれなお店に入れば「これも似合いますよ」と店員さんが最新の服をつぎつぎに持ってくる。いくらでもシチュエーションが浮かんできて、穂乃果はそのたび、うっとりする。

月曜は朝から雨だった。帰りの会が始まる少し前の、ガヤガヤした時間。明日は体育でなわとびのテストがあるから、穂乃果も麻衣も廊下のフックにつるしっぱなしだったなわとびを、家に持ち帰るために取りに行った。

三組の先にあるトイレのほうから、目立つ女の子たちの集団が歩いて来て、穂乃果の後ろを通り過ぎる。視線を感じてふり向くと、白いリボンをツインテールに編みこみ、真っ白なワンピースを着た雪の女王のような乃愛が、こっちに向かって、かすかに手をふった。

やぁ、とでも言うような、親しげなしぐさ。ほんの一瞬の出来事。

「ん?」

となりにいた麻衣も、気がついた。

「穂乃果って、倉橋さんとコンタクトあったっけ?」

英語で習った単語を使う。穂乃果は首を横にふった。

「だよねぇ。なんか、あいさつしたような気がしたけど、ちがうのかな」

「ちがうでしょ」

帰りの会が始まるチャイムが鳴った。廊下にいた子たちが、走って教室にもどってくる。

「今日、遊べるよね」

麻衣が、たばねたなわとびを指先に引っかけ、クルクル回しながら聞いた。そうだ、今日は麻衣の家へ行くと前から約束をしていたっけ。穂乃果がほんのわずか返事に迷っているのを、麻衣はするどく感じとった。

「なんか用事あるの？」

「べつに」

「じゃあ、いいでしょ。テレビゲームのソフト、新しいの買ったんだ。ジュエル姫の冒険。二人対戦できるよ」

麻衣はゲームをやりたくて、うずうずしているようだ。穂乃果だって、どうせ何もすることのない放課後、麻衣の家で遊べたら楽しいし、時間の経つのも速いだろう。とくに今日は雨だから、外で過ごすこともできないし。

「さぁー、帰ろう、帰ろう！　ランドセル、はやく背おって」

麻衣にせかされながら、穂乃果も帰り支度をした。


学校から五分足らずの、どこもかしこもピカピカなマンションでは、麻衣のお母さんが、さつまいものケーキを焼いて待っていてくれた。

「ママったら、お菓子教室に通ってるでしょ。毎日、こんなのばっか作って、ダイエットどころじゃないよぉ」

お勤めをしていないお母さんなら、ごはんだってお菓子だって、目の前で作ってもらえるのに。それよりも、夕暮れから夜にかけてのひとときを、麻衣みたいにお母さんとおしゃべりしながら過ごせるのは、うらやましい。

「穂乃果ちゃん、よかったら、もっと食べてね。あなたなら、ダイエットの心配ないでしょ？」

麻衣のお母さんは、麻衣に似て、明るい。

「ママー、それって、わたしへのいやみ？　子どもの心を傷つける親だなぁ。精神的ギャクタイって言うんだよ。習ったもん」

「やだ、この子ったら、いつもこんな調子なんだから。穂乃果ちゃん、よくつきあってくれるわねぇ」

テーブルの端には、四つ年下の麻衣の妹が、ちょこんとすわって、もくもくとケーキを食べている。妹は、麻衣とちがい、照れ屋さんでおとなしい。穂乃果が、

「茉奈ちゃんも、いっしょに遊ばない？」

と誘っても、「うん」とも「いや」ともつかない表情で、照れくさそうにうつむき、結局はひとりで静かに遊んでいる。

「茉奈はほっといて、ゲームやろう！」

新しいゲームはＣＧ画面が精巧で、空のようにも海のようにも見える幻想的な世界を、主人公のジュエル姫が本当に動き回っているみたいに操作できる。麻衣が「姫」になり、穂乃果が「敵の軍団」になり、お城の頂上めざし、攻防戦をくり広げる。姫を惑わすのは動物だったり、妖精だったり、雨や風だったり、いろいろ選べて「敵」役をやるのもおもしろい。だけど、

「えい、やぁ！　あ、そこ、ダメダメダメ、攻撃してこないでぇ！　あちゃー、やられた。よし、つぎこそ！」

麻衣ほど、夢中になれない。穂乃果はコントローラーをにぎりしめながらも、心の片すみで、別のことを気にしていた。

もうじき、四時になる。

駅には電車が来ただろうか？　おじいさんは今日も、穂乃果のことを待っているんじゃないだろうか？

外の雨音がいっそう激しくなると、穂乃果はますます不安になってきた。

「どうしたの？」

麻衣が、まゆを寄せる。

「ん？　なんでもない」

「今日の穂乃果、へん。ノリが悪い」

仲のいい友だちっていうのは、ほんのちょっとの変化でも気づいてくれるものだ。ありがたいけれど、今の穂乃果には、麻衣の遠慮のない探りがうっとうしくもあった。

「ほんとになんでもないって」

「ふーん」

納得できないように、麻衣は口をとがらせている。

こんなにおじいさんのことが気になるなら、やっぱりここに来なきゃよかったかな、と穂乃果は後悔しはじめていた。今日はきっと、何をやっても心から楽しめない。

5　オレンジジュースと缶コーヒー

昨日の雨はすっかりあがり、清々しいほどの秋晴れになった。それでも空気は、冬の冷たさを含んで、ときおり吹く風もピリリとからだにつきささる。

窓から四時の電車をながめ、おじいさんがいないことを確かめたあと、穂乃果はダッシュで駅へと向かった。

スーパー側の低い石段の端に、おじいさんは腰をおろしていた。

「おや？　またお目にかかれましたね」

穂乃果を見上げ、先週の金曜日と同じやさしさで、ほほえんでくれた。

肩がゆれるくらいの荒い息を懸命に整える穂乃果に、

「おつかいですか？」

この間と同じことを聞いた。

穂乃果は息をみだしたまま、首をはげしくふった。言葉がうまく出てこなかった。

「ずいぶん走ったようですね」

何か言おうとしたら、代わりに小さな咳がたて続けに出た。

「のどをうるおさないといけませんな。空気が乾燥しているんです」

つえに寄りかかるようにして立ち上がったおじいさんは、石段わきの自動販売機のほうへ顔を向けた。

「二度もお会いできた記念に、ごちそうしましょう。缶ジュースはいかがですか？　何がおすきでしょう？」

「あの……」

「オレンジなんかは、どうでしょう？　果汁百パーセント、おいしそうですよ」

「あの……、昨日は……」

穂乃果はやっとのことで、とぎれとぎれ、言葉にした。それだけで、おじいさんには意味が通じたらしく、

「気にせんでください」

と、おだやかなまなざしで穂乃果を見つめた。

「わたしは暇な老人ですから、こうして何もせず、時間の流れるのを見送っているのです」

「……」

「お嬢さんは若くて、やることがたくさんあって忙しい。気にされると、かえって恐縮してしまいます」

また、やさしく穂乃果を見つめる。その笑顔を信じることができたから、穂乃果はおじいさんの言葉も素直に受け止めようと思った。

「よろしかったら、飲みながら、少しお話をしませんか?」

穂乃果はすぐにうなずき、ちょっと迷ってから、高架下を指さした。

「あそこをぬけたところに、小さな公園があって……」

作文に書いた場所だ。おじいさんのほうも案内板に気づき、

「では、そこにまいりましょうか」

ゆっくり歩き出した。クラスメートが通るかもしれない駅前を離れられて、穂乃果はホッとした。

駅の近くなのに、まだあまり人に知られていないせいか、それとも砂場とベンチしかな

いからか、いつ来ても静かな公園。その真新しいベンチに並んですわり、穂乃果はオレンジジュースを、おじいさんはブラックコーヒーを飲みながら、おしゃべりをする。

「今日は幸運です。お嬢さんとこうしてお話ができるのですから」

（わたしも）と思っているくせに、穂乃果はとっさに言えず、缶を持つ手を意味もなく持ち代えた。

「ごあいさつがまだでしたね。わたしは、サナキ、シンと申します。お嬢さんのお名前をうかがってもよろしいですか？」

「……ヨネダ、ホノカです」

「ホノカさん……。どんな字を書くのですか？」

穂乃果はおずおずと答える。

「お米に田んぼに、稲の穂って書いて……」

その先は、指でベンチに書いてみせた。おじいさんが、うなずいてくれた。

「それはそれは、良いお名前ですね。豊かな実りのあるお名前だ」

そんなふうに言われるのは、初めてだった。穂乃果は自分の名前が、田舎のイメージで、あまりすきじゃなかった。アリサとかレナとか、そういうキラリとした響きの名前にしてほしかった。

5　オレンジジュースと缶コーヒー

(乃愛もいいな)

そんな名前だったら、自分ももう少し、あかぬけた女の子になっていたかもしれない、と親をうらんでしまうことが、たびたび。

「では、これからは穂乃果さんとお呼びしても構いませんか?」

「はい」

おじいさんに呼ばれると、自分の名前もわりと上品で、お嬢さまっぽいかもと思え、誇らしくなってきた。

「わたしの名を漢字にすると、鉛筆のシンです。サナキのサは砂、ナは名前のナ、キは草木のキ。これを見ていただいたほうが早いかな」

そう言いながら、コートの裏ポケットから白い名刺を出した。会社の名前とか、職業とか、肩書は何もない。住所と電話番号だけが記されていた。

『柴山台五丁目』

オレンジの電車の終点にある町だ。

「これ、もらっていいんですか?」

「もちろんです」

穂乃果は名刺を宝物のように受け取り、パーカーの胸ポケットに大事にしまった。おじ

いさんは、缶コーヒーをゆっくりとすすり、

「穂乃果さんと、こうやって話ができるとは、夢のようです」

と、やさしく目を細めた。

「この駅に停まったとき、穂乃果さんのお住まいのビルに、引きつけられました。わたしは建物に興味がありましてね。昭和モダニズムのビルがよく手入れされて残っているな、と感心しまして。その窓からかわいらしいお嬢さんが、じっとこちらを見つめているのにも気づいて、毎日、電車に乗るのが楽しみになっていました」

「サナキさんは……」

はずかしかったけれど、穂乃果はおじいさんを思いきって苗字で呼んでみた。家族や先生以外の、年上の人と話す経験が少ないので、相手に呼びかけるのさえぎこちない。

「あの電車で、毎日、どこへ行くんですか？」

「となりの駅の大学病院へ通っていて、その帰りです」

「どこか、からだの具合が悪いんですか？」

「七十過ぎまで、たいした病気もしないで、すき勝手に生きてきたら、そのツケが回ってきたのでしょう。検査をしたら、引っかかりましてね。やっかいな病気にすかれたようで」

おじいさんは、ゆかいそうに「ハッハッハッ」と声をたてて笑った。

細いからだは、おせじにも丈夫そうとは言えないけれど、かといって重い病気で悩んでいるようにも見えない。おじいさんくらいの年れいになれば、きっと誰もがちょっとしたことで病院通いをするものなんだろう。

「わが家は『柴山台』ですからね、このあたりまでは一時間近くかかります」

「となりの駅も急行が止まらないから」

「そう。ですから、どんなに急いでいるときも各駅停車。長い車中がたいくつでたいくつで。私は目が弱いもんで、電車の中で本を読むと疲れるんです。それで、たいくつしのぎに窓の外をながめていた。けれどね、穂乃果さんに気づいてからは、電車に乗るのが生きがいになりました」

「そんなぁ」

「おおげさではなく、本当に」

おじいさんは、残りのコーヒーを、おいしそうに飲みほした。穂乃果もあわてて、だいぶ残っていたオレンジジュースをいっきに飲みきった。そうしたら勇気が出てきて、今度は自分について話したくなった。

社宅が修理中だということ、電車がすきなこと、国語で作文を書いたこと……。よく知らない人にあれこれ個人情報を話してはダメ、とお母さんや先生に注意されているから、学校の名前とか両親の話はぬかして、なるべく慎重にしゃべった。それでも話はつきない。四時の電車で、おじいさんのふるハンカチが、穂乃果にとってどれほど楽しみだったかも知らせたいのに、それだけは照れくさくて言えなかった。

「ああ、もうこんな時間ですね」

外は、暗くなりはじめていた。先月くらいまでは、五時なんてまだ明るかったのに。

おじいさんは、

「では、名残りおしいですが、帰るとしましょうか」

やさしい笑顔を残して、つえをつきながら駅へ上がっていった。

走って家にもどった穂乃果は、

「おじいさんの名前、わかった！　サナキ芯さん！」

誰もいない部屋にこだまするほど、大声をあげていた。

「すごーく楽しかった！」

二人でベンチにすわって、いっぱいおしゃべりをした。オレンジジュースは、今までに飲んだどのジュースよりもおいしかった。

「明日も会えるかなぁ」

窓わくに寄りかかり、会社や学校から帰る人たちで混んだ駅を見おろす。

「きっと会えるよね？　明日も、四時になったら行ってみよう」

6　裏門で聞く秘密

給食当番の仕事を終え、教室にもどって来た穂乃果を、麻衣が席から手招きしている。

「見て見て、穂乃果。『レインボーレター』がとうとう、わたしんとこへ回ってきたよぉ」

つくえの上には、緑色のルーズリーフ・バインダーが置いてある。表紙に『五年二組・担任相談帳』とパソコン文字。

「なんでも書いていいって言われてもねぇ」

このバインダーは、一週間にひとりずつクラス内で回され、番が来た子は自分の悩みを書きつづって、先生に渡す。すると、数日中に、先生から丁寧な回答がもどってくるというシステムだ。

ルーズリーフ形式だから、自分の書いたところは毎回切り離され、他の子に悩みを知られる心配はない。返事もかならず封筒に入っているから、秘密は守られる。その封筒が、日によってブルーだったりグリーンだったり、ピンクだったり。バリエーションが七色あるのがわかると、誰からともなく『レインボーレター』と呼ばれるようになった。

「こんなのまわしても、意味ないよね」

と、麻衣。

「そうかな？　先生に直接、悩みを聞いてもらえるから、いいと思うけど」

「大人に言ったって、ムダムダ。つまんない答えしか返ってこないよ」

「でも、先生は人生経験が長いし、参考になる話が聞けるかも……」

「やだ、穂乃果。マジで言ってるの？　人生とか、参考とかさ、そういうカタい言葉使うの、やめたほうがいいよ。わたしだからいいけど、他の子だったら、ぜったい引かれる」

「……」

「かげで〝マジメちゃん〟とか呼ばれちゃうよ」

「……うん」

麻衣は、ルーズリーフをパラパラめくりながら、

「わたしさぁ、悩みなんてないもん。どーしようかなぁ」

と、考えこむ。

「じゃあ、白紙で出したら?」

「それじゃ、つまんないでしょ? 友情について悩んでます、なんてどう? わたしには米田さんという親友がいますが、このごろ、米田さんはわたしに冷たくて、とかさ」

「もー、麻衣ったら」

「ほんとだよ。おととい、うちに来たとき、ノリが悪かったもん」

「気のせいだよ。でなかったら、ヒガイモウソウ」

「ほら、またカタい言葉、でたー!」

穂乃果はわざとふくれっつらをしてみせ、麻衣の肩先をくすぐった。麻衣はキャッキャと笑いころげ、仕返しに穂乃果をくすぐろうとする。うまくかわして、廊下のほうへ逃げ出したら、教室の出入り口で、ばったり乃愛と出会った。

「米田さん、ちょっと話があるから来て」

乃愛が早口で言う。偶然出くわしたのではなく、待っていたのだとわかり、びっくりした。

「えっ?」

「ここじゃないほうがいい。来て」

乃愛に手首をつかまれ、引っ張られた。教室の中から、

「ほのかぁー、どうしたの？」

麻衣の声が飛んでくる。教室に残っていた二組の子たちも、廊下にいた子たちも、〝あの乃愛〟がひとりで、別のクラスにやって来たことに、好奇心いっぱいの視線を投げかけていた。

「走って。こっち、こっち」

言われるまま、穂乃果は乃愛の後について、走った。階段をおり、昇降口で靴を替え、花壇の脇の細い通路を進み——裏門に出た。

このあたりは、昼休みでも人がほとんどいない。裏門のかんぬきが今日も外されていて、門が半分開いていた。

「わたしがやったの」

乃愛は、サラサラの前髪を風になびかせながら、悪びれもなく言った。この間まで真っ黒だった乃愛の髪が、今日は少し茶色いような気がする。白い、西洋人っぽい顔だちに、茶色い髪はよく似合っていた。

穂乃果は、裏門と乃愛の顔を交互に見つめ、

「ここは開けちゃダメって、先生が……」

何度も注意されているのに、同じことを繰り返す乃愛の気持ちがわからない。

「理由、知りたい？」

乃愛は、穂乃果をじっと見た。笑っていない。こわいくらい真剣な表情だから、穂乃果のほうが目をそらした。

「米田さんになら、教えてあげる。誰にも告げ口しないだろうから。でも、ここじゃイヤ。来て！」

乃愛はまた穂乃果の手首をつかみ、門から外へ出ようとした。裏門の先は、車がやっと一台通れるほどの狭い道がのび、両側に手入れのゆきとどいた家が並んでいる。

「ダメよ、外に出ちゃ」

「ちょっとだけなら大丈夫。聞かれたくない話なの。わたしの友だちが、わたしを探してる。見つかりたくないの」

鉄の門から少しだけ外へ出ると、冬でも緑の葉をつけた垣根があり、そのくぼみに乃愛は穂乃果を引き寄せた。

「ここなら大丈夫。誰も来ない」

猫一匹さえ、歩いていない静けさだ。門の向こうの、校庭の騒がしさが、遠い別世界のように思える。

「さっきの話の続き、教えてあげる。約束だから」

「さっきって……。裏門の？」

「そう。なんで開けてるか」

「……なんで？」

「開けとかなきゃ苦しいの。逃げ出すルートを作っておかなきゃ。開いてれば、ほんとに逃げなくたって安心できるから」

乃愛は、「ふーっ」と息をつき、前髪を手ではらい、真顔で穂乃果に向き合った。一度も同じクラスになったことのない美少女を、穂乃果は夢のような気持ちで見つめ返した。

乃愛の目に力がこもる。

「話したいのは、そんなことじゃない。わたし、米田さんに聞きたいことがあるの。昨日、ママと駅の中の美容院へ行ったんだ。ママが自転車を駅に置いてて、いっしょに取りに行ったとき、公園が見えて。この間のおじいさんとあなたが、公園に入っていくのを見たの」

「あ……」

穂乃果の心臓がドクンと波打った。二回続けて、同じおじいさんと歩いているところを見られたのだ、言い訳のしようがない。

「あ、あ、あの人は……」

「砂名木芯でしょ？」

穂乃果しか知らないはずの名前を、乃愛がサラッと口にした。

「どうして？」

わけがわからない。うろたえる穂乃果を、乃愛のほうが驚いて見つめた。

「米田さん、まさか砂名木芯と親しいの？」

「ううん、ぜんぜん。名前は……こないだ教えてもらったばかりで……」

「なんだ、よく知らないんだ。うちのママだって知ってたのに」

乃愛は、バカにした声を出した。乃愛のような子に冷たくされると、本当に自分がどうしようもない人間のように思えてくる。

うつむく穂乃果に、乃愛は言った。

「検索してみればわかるよ。もし米田さんが砂名木芯と親しいなら、わたしも一度、話がしたいって思ったの。それだけ」

「あ……あの……」

「チャイム鳴るよ、走ってもどろう」

乃愛のペースで昼休みが終わる。開けっ放しの裏門を気にしながら、穂乃果もクラスにもどった。教室では、麻衣が待ち構えていた。

「倉橋さん、なんの用事だったの？」

「ううん、べつに」

「べつにってことないでしょ？　わざわざ穂乃果を呼びに来て。どこで話してたの？」

「校庭のすみよ」

嘘をついた。

「わけありだなぁ、そんなとこで話すなんて」

「たいした話じゃないよ。知り合いの人を、倉橋さんも知ってて……」

「知り合いって、誰？」

遠慮のない探りに、穂乃果はいらだち、思わず、

「誰だっていいでしょ、関係ない人だよ」

と、きつい口調で返してしまった。麻衣はあきらかにムッとした様子で、だまってしまった。五時間目の始まるチャイムが鳴った。


五時間目が終わったあとには、麻衣はさっきのことなどすっかり忘れたみたいに、

「ねーねー、今日、穂乃果んち、行っていいよね」

と、機嫌よく、席までやって来た。

「ごめん。今日は……」

いつものように楽しく二人で遊べば、さっきの出来事も帳消しになるとわかっているのに、心が〝別のこと〟でいっぱいで、思ったままの言葉が出てしまった。

「ダメなの？　なんで？　こないだもダメだったじゃない」

「ごめん、用事があって……」

「どんな用事よ」

「お母さんが、家のことやっとけって、このごろ、うるさくって――」

言い訳がましく聞こえるだろうと思いつつ、

「掃除とか洗濯とか、やっといてって言われてて……。もう五年だからって、いろいろ頼まれてて。全部やると、すごく時間かかっちゃって……」

もっともらしい理由を探し出しては、並べたてた。

「穂乃果ったら」

最後まで聞かないうちに、麻衣は怒った顔になり、

「わたしたち、親友なのに、どうしてそんなこと言うの？　もういいよ」

背中を向けて、他の女子グループの間に、強引に割りこんでいった。

穂乃果はひとり、つくえの上でほおづえをつく。

（親友……かぁ）

麻衣がよく使う「親友」という言葉に、穂乃果はいちいち反応してしまう。二人の仲がどんなに良くても、この言葉を使ったとたん、重たい約束で縛られてしまいそうで、穂乃果は決して自分から「親友」と口に出せなかった。

（でも、悪いのは麻衣じゃない）

秘密を作った自分がいけないんだ。穂乃果は、乃愛ににぎられた手首を、そっとさすってみる。そばで見た乃愛は、ブログの写真の何倍もきれいだった。まわりの風景に輝きが増すくらい、光を放っていた。

そんな子と自分とが、ひょんなことでつながりができたと思うと、なんだかドキドキしてきた。乃愛に引っ張られ、自分が一段上の立ち位置に押し上げられたような気になった。小さなころからの友だちを失うことさえ、それほどこわいとは思えなくなっていた。

砂名木　芯（サナキ　シン）

日本の建築家　一級建築士
千葉県市川市生まれ　現在七十四才
日本の建築家として昭和時代に活躍し、海外での評価も高い。
主要作品は、中央芸術文化会館、水晶パレスホテル、
インターナショナル・ビジョンセンター、天空美術館、
アースビレッジ東京、国際平和記念競技場など多数。

家に帰ってすぐ、親にないしょで開いたパソコンには、サナキと入力しただけで、いくつもの情報が表示された。一番上のウィキペディアをクリックした穂乃果は、そこに書かれた記事を見て、ポカンとしていた。

（インターナショナル・ビジョンセンターって、あの？）

去年の夏に見た、高原の中のメガネビルが鮮やかに頭に浮かんできた。すごく立派な建物だった。立派過ぎて、それを人間が何も無いところから作りあげたなんて信じられないくらい。

（あれを作ったのが、サナキさんなのかぁ……）

情報記事には写真もついていたけれど、どれも若いころか、せいぜい四十代くらいに思

える顔写真で、少しふっくらしていて、今の姿とは結びつかない。

(ほんとに、あのサナキさんなのかなぁ)

本人が名乗っているし、名刺ももらったし、何より乃愛がそう言うなら、まちがいないだろう。

(すごいなぁ、そんな人と知り合えたなんて)

かべの時計を見上げると、あと十分で四時になる。パソコンを閉じ、穂乃果は急いで出かける用意をした。記事には載っていない、本物のやさしいサナキさんに会いに。

7 やさしいあいづち

穂乃果の両親が家にいる週末は、大学病院もお休みだそうで、サナキさんはこの町に来ない。それ以外の日は、穂乃果はかならず駅近くの公園で、サナキさんに会うのを心待ち

にするようになっていた。

二人は、おたがいの家族とか、家庭の事情については、ほとんどしゃべらない。だから穂乃果は、サナキさんの奥さんがどんな人で、どんな家に住んでいるのかといったことは、まったく知らない。

サナキさんは、仕事の話もしなかった。一度、穂乃果のほうから、

「サナキさんは有名な建築家なんですよね？」

と、聞いたことがあったけれど、

「ほぉ、ネットで調べたんですか？　まいったなぁ、最近の小学生は大人顔負けですな」

小さく笑って、

「昔のことですよ。今はごらんのとおり、何もせず、ゆるゆると暮らしております」

と、話を終わらせた。くわしく聞かれたくないようだったので、その話はやめた。べつに知りたいわけでもなかったから。立派な人だから会いたいのではなく、やさしい人だから会いたいんだ。

最初のころは、サナキさんが世間話のようなものを穂乃果にしてくれたけれど、このごろは穂乃果のほうが、たくさん話をするようになった。その日、学校であったことを伝えると、サナキさんはどんな小さな出来事でも、驚いたり感心したりしてくれる。

たわいない話ではあるけれど、すぐに聞いてくれる人がいるのは、とてもうれしかった。

だって、お父さんやお母さんに話したくても、会社から帰ってきて疲れた様子を見ると、長話をしてはいけない気がするから。

「朝読書の時間に、未来の仕事の本を読んでいるんです。AIが人間の仕事を取っちゃったら、どうなるのか？　とか、人間だからできる仕事って何だろう？　とか。クラス委員の玉置君もおんなじ本を読んでて。わたし、ときどき、大人になったら何になろうかなぁって、本気で考えてるんです。でも、毎日、なりたいものが変わっちゃう」

「ほう、それはいいですな。可能性がたくさんあるということです」

サナキさんはいつだって、楽しそうに聞いてくれる。穂乃果は、サナキさんには何でも話せた。話せばかならず、やさしいあいづちが返ってくる。

「穂乃果さんとおしゃべりをするのは、実にゆかいです」

「わたしだって」

穂乃果はこのごろ、家でも無意識のうちにウキウキしてきて、遅く帰って来るお母さんに、

「お疲れさま。毎日、大変だね」

と、いたわりの言葉をかけるゆとりが生まれていた。ときには、簡単なサラダを作って、

テーブルに並べておくこともあった。

「ホノちゃん、なんだかうれしそうね。学校で、いいことあった?」

「べつに」

と答えながらも、穂乃果のほおは、ゆるんでいた。

「ホノちゃん、おしゃべりになったんじゃない?」

「えっ? そうかな?」

「麻衣ちゃんの影響かしら? あの子、明るくて活発だものね」

「……」

最近、麻衣とはあまりうまくいっていないのを、お母さんは知らない。休み時間、遊ぶことは遊ぶけれど、おたがいに大事なことをさけて話すような、なんとも気まずい空気が流れてしまう。

「ホノちゃんが元気だと、安心だわ。さみしい想いをさせてるんじゃないかって、いつも気になっているのよ」

お母さんが、穂乃果の髪をクシャっとなでた。穂乃果は少し、うしろめたかった。

サナキさんといっしょに過ごす時間が多くなるにつれ、学校での穂乃果は、しだいにクラスの輪から外れつつあるのを感じるようになっていた。

放課後に麻衣と遊んでいても「四時前に帰らなきゃ」と気があせり、せかせかしてしまう。ときには理由をつけて、誘い自体を断ったりしたせいで、麻衣は休み時間も、だんだん穂乃果の席に寄りつかなくなった。学校帰りに、新しい友だちと、英会話学校へ通い始めたと言う。

麻衣が離れてしまうと、休み時間をいっしょに過ごす友だちがいないのに気づき、穂乃果はあらためてハッとさせられた。もうできあがっている女子グループのどこかに無理やり入っていけるほど、積極的な性格じゃない。

教室にひとりでいるのがいやで、休み時間のたびに図書室へ向かうが、それもなんだか疲れてきた。低学年の子たちが遊び場にしている図書室のかたすみで、穂乃果は読みたくもない本を開きながら、頭の中で乃愛を思う。

あれ以来、親しく話すことなど一度もないけれど、空想でなら、乃愛と大の仲良しだ。休み時間ごとに、二人、並んで校庭に出る。手をつないで、裏門まで走り、そこから外へ逃げ出す。学校がどんどん小さくなっていく。乃愛がこっちを向いて、笑っている。そのはじける笑顔があまりにも美しくて、空想だと知っていても、気分が高まる。

休み時間の穂乃果は、こうして自分を励ます術を身につけた。

今日、穂乃果は最高にすてきなプレゼントをもらった。いつものように、駅近くの公園でサナキさんとおしゃべりをして、帰るころになったら、サナキさんが肩かけバッグから、紙袋を取り出した。

「穂乃果さんへのささやかな贈りものです。とうとつですが」

紙袋から出てきたのは、小さな木彫りの家だった。てのひらに乗るミニチュアの家は、山小屋風で、ドアや窓がちゃんと開くしかけになっている。中をのぞくと、これまた小さな小さな木彫りのクマさんが一匹。

「かわいい」

思わず、穂乃果はつぶやいた。キティやミッキーマウスやスヌーピーといった、カラフルでかわいいキャラクターグッズを見慣れた穂乃果にとって、色のない木のおもちゃは、少し地味に映った。だけど、とてもよくできていて、クマの顔は本当にかわいかった。

よく見ると、屋根のかわらも、かべのレンガも、ひとつずつ細かく彫ってある。クマは、笑った顔のほっぺにエクボまである。

「お気にめしましたか？」

「こんなすてきなもの、誕生日でもクリスマスでもないのに、もらっちゃっていいんですか？」

「もちろんです。穂乃果さんのために作ったんですから」

サナキさんは、やさしく目を細めた。手作りの品とは、驚いた。サナキさんが有名な建築家だというのは知っている。だけど、こんなかわいいものまで作れるなんて、びっくりした。まるで、デパートとかで売っているものみたい。穂乃果はサナキさんの手をチラリと、ぬすみ見た。シワとシミだらけの手は、細い外見に似合わず、がっちりしていて指が長かった。

「ありがとうございます。大切にします」

「こちらこそ、受け取っていただけて幸せです。目が故障しないうちに、細かいことをやっておきたいと思っていましてね。いくつか似たようなものを試したんですが、やっと満足のいくできばえになりまして」

うすいピンクの小物でそろえた穂乃果の部屋に、そのミニチュアの家を仲間入りさせたら、そこだけが少し浮いて見えた。どっしり重たげな木彫りの小物は立派過ぎるし、大人っぽ過ぎる。

それでも穂乃果にとっては、宝物だ。ミニチュアの家の中から、小さな小さなクマさんを出してみる。身長四センチ足らずなのに、手足のツメまできれいに彫られている。半月型の、笑ったような目もかわいい。

「クマちゃんに名前をつけてあげよう」

穂乃果は迷わず『マカロン』と決めた。もし家でペットを飼えたら、この名前にしようとずっと前から考えていた。カラフルなフランスのお菓子は、穂乃果のあこがれだから。

社宅で暮らす穂乃果の家では、犬や猫など飼えるはずもなく、空想の中だけの楽しみと割り切っていたけれど、今日からマカロンは現実に穂乃果の大事なペットになった。

「マカロン、もう夜だから、おねんねしなさい」

家の中にもどしてやり、ドアをいったん閉めたものの、すぐに、

「もうちょっと、遊ぼっか？」

また取り出して、マカロンをにぎりしめる。そのくり返しで夜が過ぎていった。


そんな大事な宝物なのに、朝になって学校へ行く前には、つくえの奥の奥へ隠さなきゃならない。サナキさんのことは、まだお母さんにもお父さんにも話していない。

昨日の夜、遅く帰ってきたお父さんが、お酒を飲みながらソファでテレビを見ていたので、パジャマの穂乃果もとなりで温めたミルクを飲んだ。すると、画面に急にインターナショナル・ビジョンセンターが映し出されたから、ギクッとした。

「おっ、あそこ、行ったな。去年だったよな？」

「あ、うん」

日本中の名建築を紹介するバラエティー番組だった。

「ふーん、建築家・砂名木芯の代表作か」

「あら、砂名木芯？」

キッチンにいたお母さんまで、テレビを見に来た。お母さんとお父さんが、そのときの思い出話で盛り上がっていくのを、穂乃果はだまって聞いていた。

「ホノちゃん、あそこでワークショップに参加したでしょ？　ひとり一台、タッチパネルが用意されてて、きれいなグラフィックと文字を組み合わせて、子どもでも簡単にポスターを作れたわよね？　ホノちゃんの上手だったわよ。まだ取ってあるはず」

「穂乃果、そのタッチパネルを売り歩いているのが、ぼくの会社なんだよ。すごい性能だろ？」

少しよっぱらったお父さんが、自慢そうに言うと、

「ホノちゃん、そのパネルのチップを作ってるのが、わたしの会社よ」

お母さんも負けじと言い足す。話がどんどんサナキさんから離れていくので、穂乃果はホッとした。

「あの展覧会も、ぼくらが仕事で参加してたから、貴重なチケットがもらえたってわけさ。な、穂乃果。名建築も見られたし、忘れられない夏の思い出だよな」

お母さんは、本気でそのときのポスターを探し始め、番組が終わるころにやっと見つけ出した。お家が三つ並んだ、今から思えば、ちょっと幼い感じのするポスター。電車を目当てに行ったのに、ワークショップのアイテムには電車が無く、それならお家！　と、選んだのを思い出した。

小さなお家をはさんで、右と左に大きなお家。穂乃果はそのお家を〝家族〟と見立て、『パパとママがそばにいる。小さなおうちは幸せいっぱい』と文字をそえた。

「よくできてるから、ホノちゃんのお部屋に飾っておけば？」

「いらないよぉ、そんなの」

穂乃果は笑って、

「おやすみー」

自分の部屋にもどった。

8 隠しごとを打ち明けたら

木曜日の夜。まだお母さんもお父さんも帰っていない時間に、電話が鳴った。こんな時間にかかってくる電話はめったにないので、

「変なセールスだったらいやだな」

出ずにいたら、そのうち切れた。でも、すぐにまた、かかってきた。大事な用事かもしれないと思って、今度は受話器を取った。

「穂乃果！」

麻衣の思いつめたような声が、電話の向こうから聞こえてきた。

「穂乃果、ごめんね」

いきなり、泣き声に変わった。

「麻衣、どうしたの?」

「ここんとこ、穂乃果にツンケンしちゃったでしょ? 穂乃果がなんか、わたしに隠してることがあって、さけられてる気がしたんだ」

「そ、そんなこと、ぜんぜんないよ」

「わたし、穂乃果に嫌われてるんじゃないかと思って、すっごく落ちこんでた」

「……嫌ってるはずないじゃない」

「うん。けど、冷たいんだもん。ミヨッチたちと遊んでみたけど、やっぱわたし、穂乃果じゃなきゃダメなのよ」

　鼻をグシュグシュ鳴らしながら、「ごめんね」をくり返す。麻衣の言葉はいつだってストレートだ。

　電話口でありながら、穂乃果は麻衣にだきしめられたような温かさを覚え、胸がいっぱいになった。ここ数日の学校生活、自分が思っていた以上に、さみしかったんだと実感した。

　穂乃果も、泣き声になっていた。

「悪いのは、わたしのほうだよぉ」

「ううん、穂乃果はぜんぜん悪くない。全部、わたしがいけないの。仲直りして、また遊ぼうよ」

やっぱり麻衣は、大切な友だち。うんと小さなころから、ずっと同じ社宅で育ってきて、なんでも話せる間柄。そんな本当の友だちに、隠しごとをしていた自分がふしぎだった。

今なら、サナキさんのことをうまく伝えられそうだ。サナキさんと過ごす時間が、なぜかとても幸せに思える自分の気持ちを、麻衣もわかってくれるかもしれない。

そう思ったから、穂乃果は今までの出来事を、麻衣に打ち明けた。

「えーっ、あの電車で手をふってた人と、毎日、会ってるの？」

「うん。とってもいい人なんだよ」

「その人、いくつくらいの人なの？」

「七十四才とか」

「七十四？」

電話の向こうが、急にシンとした。しばらくたってから、

「穂乃果、それ、ロリコンって言うんじゃない？」

やけにきっぱり、麻衣は言い切り、先を続けた。

「ロリータ・コンプレックスって言って、いい年した大人が、わたしたちくらいの女の子に恋しちゃうことなのよ。なんか変態みたいな」

麻衣の返事は、穂乃果が一番、言われたくないことだった。

「穂乃果、気をつけなよ。ロリコンジジイに引っかかったら、大変だよ。そのうち、ストーカーみたいになって、穂乃果んちのまわりをウロウロし出すに決まってる」

「そんな人じゃないよ」

つい、強い調子で言い返してしまった。

「やだ、穂乃果ったら、マジでその人、すきなの？」

「すきっていうのとはちがう。安心していられるっていうか……」

「そんなジジイのどこがいいの？　わたし、老人って大嫌い。シワだらけで、きたないし、入れ歯のにおいとかするし、ノロノロしてて、それでもって話すことは説教くさくって」

麻衣に打ち明けるべきじゃなかった、と穂乃果は後悔したが、遅かった。今すぐ、受話器を置いてしまいたかった。

麻衣の声は、キンキンと響いてくる。

「どうせ、お母さんとかにも話してないんでしょ？」

「……うん」

「明日も四時になったら、そのジジイ、駅に来るわけ？」

「たぶん……」

「会うわけ？」

「……」

穂乃果の気持ちも知らず、麻衣のほうは、がぜん元気を取りもどしていた。ついさっき、電話口で泣いていた子とは別人みたいに、早口でまくしたててくる。

「わたし、穂乃果のことが心配なんだよ。穂乃果ってほら、おとなしく見えるでしょ？だから変なジジイに目をつけられちゃって、取り返しのつかないことになったら、こわいじゃない？」

「……」

「よし！　明日、いっしょに駅に行ってあげる！」

「えっ？」

「そのジジイを見てあげる。わたしってさ、けっこう人を見る目があるのよ。ママからよく言われるもん。ね、任せて。ね」

「でも……」

「穂乃果、ずっと悩んでたんだね。それで、あんなふうだったんだ。うん、でももう大丈夫。穂乃果は悩まなくていいよ。ドーンと、わたしを頼りにして」

穂乃果が口ごもっているうちに、電話は切られてしまった。

麻衣が本当に心配して、助けてくれようとしているのは、わかっている。見知らぬおじいさんと毎日会っている小学生なんて、ふつうに考えれば、やっぱり変だろう。もし穂乃果が麻衣の立場だったら、同じことを言うかもしれない。

「でもね……」

穂乃果とサナキさんの心は、人に説明できない何かで結びついているんだ。

穂乃果はサナキさんが必要で、サナキさんは穂乃果が必要で。

「明日の四時……どうしよう」

待ち遠しいはずの約束の時間が、ゆううつになった。

ハーフコートをはおった学生や、買い物をすませたお母さんたちが、あわただしく行き交う夕方の駅。一階の低い石段に、今日もサナキさんはひとりで腰をおろしていた。

「へぇー、あれがロリコンジジイかぁ」

少し離れたビルのかげから、サナキさんの姿をぬすみ見ていた麻衣が、

「ふむふむ。わりとマトモだね。服だって、ちゃんとしてるし」

などと、無遠慮に観察する。

「でもさ、人は見かけによらないって言うから、わかんないよ。なんの用事で、あの人、

毎日、ここに来るの?」

「となりの駅の病院に通ってるんだって。大学病院」

「あそこって、伝染病とかの研究で有名なんでしょ?　あの人もうつる病気、持ってるかもよ。やっぱヤバいよ」

「そんなバカな。元気そうだよ」

穂乃果は、スーパーの入り口に掲げられた大時計を見上げた。四時をもう五分も過ぎている。こんなに近くにいるのに、サナキさんを待たせているのが気にかかった。

「麻衣、わたし、行くよ」

飛び出そうとする穂乃果の腕を、麻衣はきつく押さえた。

「もうちょっと、様子を見よう」

「だって、約束の時間が……」

「へーき、へーき。あの人、ぜんぜんそわそわしてないじゃない」

麻衣につかまれ、穂乃果は仕方なく、かべに寄りかかった。

「ふーむ。サラリーマン風じゃないわね」

その人が砂名木芯という有名な建築家だということは、麻衣にはだまっていた。よけい、興味を持たれたら困る。

「先生タイプでもないなぁ。お店の主人って感じもしない。何やってる人だろ?」

ちょっと返事につまってから、穂乃果は、

「聞いてない」

と、簡単に答えた。

「そういう大事なポイント、しっかりチェックしとかなきゃダメじゃない。職業を聞いたら、だいたい、どんな人かわかるでしょ」

「……うん、まぁ」

サナキさんは、ふと顔をあげ、穂乃果の住む部屋の窓べをながめている。

(わたしのこと、待っててくれている)

穂乃果はもうがまんできず、麻衣の手をふりきって、サナキさんのところへ駆け出した。

麻衣もあわてて、後ろからついてくる。

「やぁ、穂乃果さん」

親しみにあふれたおじいさんの笑顔が、急によそいきの表情に変わった。麻衣がいるのに気づいたんだ。

「お友だちですか?」

穂乃果がしゃべろうとする前に、

「はい。加藤麻衣って言います。はじめまして」

麻衣はハキハキと、あいさつをした。

「今日はこれから、穂乃果ちゃんと友だちのうちに遊びに行くところなんです」

穂乃果はびっくりして、麻衣の目をのぞきこんだ。麻衣は平気な顔で、

「じゃあ、失礼します」

穂乃果の腕に自分の腕をからませ、道の先へと引っ張って行く。

ふり返ると、サナキさんはすわったまま、こっちを見送っていた。騒がしい駅の風景の中、サナキさんがいる場所だけ静かで、まわりから切り離されているように思えた。

「麻衣、なんで嘘を?」

曲がり角を右に折れたあと、穂乃果が問いつめると、

「あんなアカの他人のジジイには、関わらないほうがいいからよ!」

麻衣は本気で怒っていた。

9 夢のようなご招待

「マカロン、どうしたらいいんだろう?」

自分の部屋で、穂乃果は小さなクマの人形にすがりつくように、たずねていた。今日はあれから、プロムナードの洋服屋さんや、ファンシーショップをのぞいて回った。そのうち麻衣が、

「社宅のほうへ行ってみようよ」

と言い出し、久しぶりに二人の『もとの家』を見に行った。五階建ての社宅は、すっぽり青いビニールシートにおおわれ、ジャングルジムのような鉄の足場で囲まれていた。

つい三か月前まで、ずっとここで暮らしていたのに、ふしぎと思ったほどの懐かしさは

こみあげてこなかった。工事の始まったからっぽの社宅は、家というより、もはや物になってしまっていて、知らない場所のようにも見えた。

麻衣は、社宅の裏の小さな児童公園に、穂乃果を誘った。幼いころ、二人でよく遊んだ場所だ。

「ブランコ、乗ろうよ」

と、麻衣が先に駆けて行った。ブランコ以外の古い遊具は取りはらわれ、今では色とりどりの動物型の遊具で、かわいらしく整えられていた。

もう二人には低過ぎるブランコだけど、足をちぢめて乗ってみると、心がちょっと昔にもどった。

「元気出しなよ、穂乃果」

「べつに、元気ないわけじゃないよ」

「なら、いいけど」

懐かしい場所に穂乃果を連れて来たのは、麻衣の心づかいだろう。麻衣は、本当に良い友だちだ。それなのに——。

穂乃果の頭からは、駅に残して来たサナキさんの、さみしそうな姿が離れなかった。

どんな遊びをしても、ぜんぜん気がのらなかった。

「マカロンだったら、こんなとき、どうする？」

　答えてくれるはずはないけれど、マカロンのやさしい半月型の目が、穂乃果を勇気づけてくれる。

「サナキさんに、あやまりたいよね」

　マカロンを自分で動かし、コクンとうなずかせる。

　明日の四時になれば、会ってあやまれるかもしれない。でも、穂乃果は明日まで待ちきれなかった。自分の気持ちを、今すぐ伝えたかった。

　でなかったら、何も手につかない。明日、学校へ行っても勉強どころじゃないし、麻衣と遊んでもそわそわして、また心配されるに決まっている。

「サナキさんのメールアドレス、知ってたらなぁ」

　ふと、名刺のことが、頭をよぎった。

「電話なら……、声が聞ける」

　お父さんとお母さんが帰って来るまで、まだ時間がある。

「電話……しちゃおうか？」

　マカロンをまた、うなずかせる。

「だよね。マカロンもそう思うよね」

もう一度、コクン。

それから穂乃果は左手にマカロンをにぎりしめ、リビングのとびらを開け、右手で受話器をつかんだ。

サナキさんのうちへは、まだ一度も電話したことがないのに、番号はしっかり覚えている。もらった名刺を、何度もながめているうちに、暗記してしまったんだ。

「おうちの人が出たら、なんて言おう?」

少しためらったが、

「名前を言えばいいよね、ふつうに。そうよ、電話なんて、誰だって気軽にかけるもんだよ」

大きく息をはき、穂乃果は番号を押した。三回目の通信音のあと、

「砂名木です」

聞きなれた声が、電話に出た。低いけれど、明るく響く、くせのないサナキさんの声。電話だと、まるで若い男の人みたいに、つややかな張りがある。

「あ……あの……」

「穂乃果さん、かな?」

向こうから名前を呼ばれ、肩の力がぬけた。

「今日はごめんなさい」

「なぜ、あやまるんですか？　以前にも言ったと思いますが、お若(わか)い穂乃果さんは毎日が忙(いそが)しい。わたしのことは、暇(ひま)なときの、たいくつしのぎの相手くらいに思ってくだされば
いいんです」

「そんな、たいくつなんて、そんなこと」

　サナキさんはやさしい声で、

「お友だちは、なかなか元気のいいお嬢(じょう)さんですね」

と、麻衣(まい)のことを言った。

「ごめんなさい。わたし、本当はサナキさんといっしょにいたかったのに……」

「おやおや、またあやまる。今日のことは、もうおしまいにしましょう。それより」

　短い沈黙(ちんもく)が流れた。

「はい？」

「穂乃果さんさえよかったら、今度、ご家族とわが家へ遊びにいらっしゃいませんか？」

「えっ？」

「穂乃果さんと親しくさせていただいているお礼を、一度、ご家族にお伝えしたいと思っ
ておりまして」

「えっ、でも……」

「柴山台までは、往復で二時間もかかりますが、いかがでしょう?」

「……」

穂乃果は、すぐに返事ができなかった。それを「ノー」と受け取ったのか、

「勝手なことを申し上げて、すみません。今のは、聞かなかったことにしてください」

サナキさんは、招待を引っこめようとする。

「い、行きます、行きたいです!」

閉じられかけたとびらを、あわててこじ開けるように、穂乃果は大声で叫んだ。

「お父さんやお母さんは……、仕事で忙しくて……。だから、友だちといっしょじゃダメですか?」

「もちろん構いません。あまりたくさんのお友だちだと、入りきれないかもしれませんがね」

サナキさんがゆかいそうに笑ったので、安心した。

「じゃあ、今度の水曜、行きたいです」

とっさに曜日が出たのは、お父さんとお母さんが「来週の水曜は遅くなる」と、口をそろえて言ってたから。会社がテレワーク制度を取り入れるとかで、話し合いがあるのが、

その日らしい。

「水曜なら、遅くなっても大丈夫なんです。だから――」

「平日ですか」

「水曜は五時間で、いつもより早く帰れます。三時の電車に乗れます」

穂乃果は必死だった。

「そうですか。往復二時間、わが家で一時間ほどお茶を飲んでいただいても、六時にはそちらにもどれる。ふむ」

「友だちも、きっと行きたいって言います。サナキさんの名前を知ってたから」

頭にくっきり浮かんだのは、〝乃愛〟の顔だった。

「わかりました。水曜ですね。では、その日は病院をお休みして、整えておきましょう」

「ありがとうございます！」

「親ごさんにかならず、許可をもらってくださいね。なにしろ、こちらまでは長い道のりですから」

「はい」

「わたしも水曜が楽しみになりました」

電話を切ってからも、穂乃果の胸のドキドキはおさまらない。

サナキさんの家へ遊びに行ける！　サナキさんとの距離が、さらに近くなる。立派な建築家は、いったいどんな家に住んでいるんだろう？

「なんでわたし、とっさに倉橋さんのことを言っちゃったのかな？」

空想でなら、乃愛と穂乃果は大の仲良し。二人でサナキさんの家へ行けたら、最高に楽しいはずだ。でも現実は、廊下ですれちがっても、声をかけ合いもしない二人なんだ。

せっかくのすてきな気分が、自分の余計なひとことのせいで台なしになってしまう。

「そんなのいやだ！」

手の中のマカロンを、ギュッとにぎる。

「倉橋さんに聞いてみよう。サナキさんのお家に、いっしょに行かない？って」

前に乃愛は、砂名木芯と話がしたいって言ったはずだ。誘えば、喜んでくれるかもしれない。たった今だって、サナキさんの家へ電話するという大仕事をやってのけたんだ、同じ学年の乃愛を誘うくらい、なんてことない。

「だよね、マカロン」

手の中のマカロンが、ほほえんでいる。勇気を出さなきゃと思う。

持っているメモ帳の中で、一番大人っぽい、音符もようの絵柄を選び、何度も何度も書き直した小さな手紙。よく日、穂乃果はいつもよりだいぶ早く登校し、乃愛の上ばきの中に、その手紙を入れておいた。

給食のあと、麻衣に気づかれないうちに裏門へ走ると、穂乃果より先に乃愛が立っていた。

「手紙、ありがとう。なに？　用事って？」

今日の乃愛は、髪を二つのおだんごに結んで、キュートなミニーマウスみたいだ。赤いタータンチェックの巻きスカートも、よく似合っている。どこにもスキのない完璧なかわいさ。

乃愛を前にすると、穂乃果はいつも、あがってしまう。

「ご、ごめんなさい、あの」

「なに？」

すぐそばに、乃愛は顔を寄せてくる。穂乃果は、自分の顔が赤くそまった気がして、不自然なほどうつむいた。

「あ、あのね、前、サナキさんと話がしたいって言ってたでしょ？」

「砂名木芯？　うん、言ったよ」

「サナキさんがね、よかったら、遊びにいらっしゃいって……」

その瞬間、乃愛の大きな目が、さらに大きく輝いた。

「いいの？　わたしも行っていいの？」

喜びが、からだじゅうからあふれ出ていた。穂乃果がうなずくと、

「やったー！　すごい！　ラッキー！　わっ、どうしよう！」

乃愛はおどり出すようないきおいで、からだをゆらした。

「ありがとう、米田さん。わたしの言ったこと覚えててくれて。誘ってくれて、ほんと、うれしい。夢みたい」

「わたしのほうこそ……」

「いつ行っていいの？　わたしなら、いつでもオッケー。どんな用事が入ってたって、ぜんぶキャンセルして、米田さんについていく」

「えっと、水曜はどうかなって思って。来週の水曜」

「オッケー！　やっぱり米田さんは、砂名木芯の『友だち』だったんだね。そんな気がしてた」

「えっ？　まぁ……その……」

乃愛がすんなり言った「友だち」という言葉が、穂乃果の心の中のモヤモヤをふきとばしてくれた。そう、友だちなんだ、サナキさんとは。年れいがちがったって、性別がち

がったって、気持ちが通じれば、よい友だちになれる。

「米田さん、ありがとう。くわしいことが決まったら、教えてね」

乃愛の笑顔のまばゆさと言ったら。こんなに喜んでくれるなら、悩む必要なんてなかった。もっとはやく、伝えればよかった。

知らない人の家へ行くというのに、乃愛は何のためらいも持っていない。先生や大人たちのように、むやみに警戒もしないし、麻衣みたいに「ロリコン」なんてあやしまない。ただひたすら、サナキさんの招待に感謝してくれる。

「だってわたし、ずっと前から、砂名木芯にあこがれてたんだもん」

と、乃愛はそっと、穂乃果の耳もとで教えてくれた。

10　二人の大冒険

　薬園町の駅を出て、電車で三十分も走ると、ごみごみした町が急に開け、幅の広い川が鉄橋の真下にゆったり流れる風景がながめられた。県境の、津浦川だ。穂乃果は生まれて初めて、本物の津浦川を見た。

「水の色が意外ときれいだよね。夏はハゼつりをやる人で、土手がいっぱいになるんだよ」

　教えてくれるのは、となりにすわる乃愛。

「川の上流は、また別の県へつながってるんだって」

川を越すと、穂乃果の住む町とはだいぶ様子がちがってくる。木々の緑が濃く、空き地が目立つ。高い建物がグンと減り、空のスペースが広く感じられる。

「あー。いいお天気でよかったぁ！」

乃愛がのびのび両手をのばすと、夕方なのに、キラキラした光があたりにばらまかれる。

車内は薬園町を出たときほど混んではいないけれど、それなりに席が埋まっていて、さっきから何度もこちらに視線を投げかけてくる人がいた。駅ごとに乗りこんで来る人の中にも、穂乃果たちの前を通り過ぎてから、ふり返って、じっと見つめてくる人がいた。いわゆる「二度見」というものだろうけど、穂乃果は初めて体験した。

それは決して、小学生二人連れの乗客がめずらしいからじゃない。みんな、乃愛を見ているんだ。乃愛の美しさ、はなやかさに、つい引きつけられてしまうんだろう。ローカルな下り電車の中で、乃愛の姿は目立ち過ぎていた。

「日がもっと暮れてくると、空があかね色にそまって、神々しいんだよ。米田さんも、きっと感動するよ」

お母さんと何度か柴山台に行ったことがあるという乃愛が、ガイドさんのように、丁寧に解説してくれる。電車に乗るまでは、乃愛みたいな子と、いったいどんな話をすればいいのか、おしゃれな話題なんか知らないから、バカにされるんじゃないか？　と心配していた穂乃果だけど、乃愛は麻衣と同じくらい気さくだった。

「ね、わたしたち、ノのコンビだね」

乃愛がすてきな発見をしたかのように、はずんだ声を出す。

「ノのコンビ？」

「穂乃果のノと、乃愛のノ。同じだよ。漢字もいっしょじゃない？　こういう字」

穂乃果のてのひらに、書いてみせた。くすぐったくて、あまやかな感触。

「ほんとだ。おんなじ」

「ふふふ」

一時間の電車の中で、穂乃果は乃愛のことを、たくさん知った。乃愛の家が、本当に母子家庭だということ。母親は、乃愛が芸能人になってくれればいいと願っていること。だから、家にも芸能・芸術関係の本や雑誌がいっぱいあること。その雑誌の一つに、砂名木芯がエッセイを連載していて、乃愛は三年生のころから、それを読むのがすきだったこと。

「だって、写真がきれいだったんだもん。砂名木さんの創った建物の写真。水晶パレスとか天空美術館とか……」

「わたしも水晶パレスホテル、すき。テレビで見たことある」

「でしょ？　わたしね、ママと三か月に一回は、おしゃれして都心まで出るの。水晶パレスでわたしを撮ろうと連れて行かれるんだけど、わたしだって、あそこが大すき。うすいブルーのガラスばりのロビーにいると、なんだか海の中にいるみたいで」

穂乃果には、きらめくガラスのロビーに立って、スラリとした手足をのばす美しい乃愛の姿が、たやすく想像できた。まるで人魚姫みたいだろうな、と思った。

「それでね、米田さん」

ちょっと首をかしげ、うなだれかかるようにしてしゃべる乃愛。学校で見るときは、あんなに遠い存在だったのに、今は、昔からの親しい友だちみたいに、穂乃果に話しかけてくる。実際、電車に乗り合わせた人たちの目にも、そんなふうに映っているだろう。

穂乃果は、自分が乃愛グループの一員になり、モデル級の小学生になったような気がして、思わず背すじをシャンとさせたり、足をななめにそろえたりしていた。

「米田さん、最初は砂名木芯を知らないって言ったじゃない？」

「あ……」

「人に知られたくなかったんでしょ？　わかるわかる」

乃愛が勝手にかんちがいしてくれたので、助かった。

「米田さんはいつから、砂名木芯を知ってた？」

聞かれて、

「……えーっと、やっぱり三年生のころかな」

と答えたのは、嘘と言うより、乃愛に対してのミエだった。

「日本を代表する建築家だもんね。エッセイにね、若いころの写真も載ってたよ。すごいイケメン」

「うんうん。ネットで見た」

「でも、わたしは若いころより、今のおじいちゃんの砂名木芯がいいなって思う。シブイよね。かっこいいよね」

「うんうん。わたしも今のほうがすき」

穂乃果と乃愛は、手を取り合って「だよね、だよね」と、喜んだ。話が合うのって、なんて楽しいんだろう。サナキさんを通して、乃愛とこんなに近づけたことが、穂乃果には夢のようだ。

最初は緊張していた穂乃果も、乃愛のペースにまきこまれ、自分の話をあれこれ聞いてもらった。両親が仕事で忙しいこと、社宅の修理が始まって夏休みに引っ越したこと、窓から見る電車の風景が大すきなこと……。

「一組でも、作文があったでしょ？『わたしの一番すきな場所』ってタイトル。わたしね、自分ちの窓って書こうとして、やめたんだ」

「なんで？　すきなら書けばよかったのに。わたしは、すきならすきって書くよ」

「だってほら、自分の家がすき、なんて変かなって」

「変じゃない。ぜんぜん変じゃない」

乃愛の大きなひとみに力がこもって、すいこまれそうになった。穂乃果がドキドキしていると、乃愛はその視線をすぐに電車のゆかへ落とし、

「いいな、家がすきなんて」

と、びっくりするほど暗い声でつぶやいた。

「えっ？」

「いいな、って言ったの。わたし、家以外なら、どこでもすき」

「……」

穂乃果がキョトンとしたせいだろう、乃愛はさっきまでの明るい笑顔を取りもどし、

「空いてきたね」

あたりを見回し、作文の話をうやむやにした。終点が近づいた車内は、いつの間にか、ガランとしていた。自分が部屋の窓からのぞいていたオレンジの電車に、こうして乗って、柴山台へ向かっていると思うと、あらためてふしぎな気分だった。

「米田さん、つかれた？」

「ううん。へーき」

ポケットから取り出したキッズスマホの時計表示が、もうじき四時になる。空はもう、

かすかに夕暮れの色を帯び始めていた。

「倉橋さんのおうちは、だいじょうぶなの？　帰りが六時過ぎちゃうよ」

「ぜーんぜんオッケー。今日は、ママの帰るのが十時くらいかな。仕事のあとに、友だちと飲みに行くんだって。だから十時になってもいいよ」

「わあ、大人だなぁ。倉橋さんちって自由なんだね」

「ほんとの自由は、今だよ。すきなとこ行って、すきな人に会える！」

乃愛が自然な仕草で穂乃果の手をにぎった。人形のように細い手だけど、すごく温かい。力強い。

知らない人の家に、学校帰りの時間に、電車に一時間もゆられて行くという大冒険だけど、二人ならこわくなかった。


終点に着いたときは、すっかり夜の気配が漂っていた。柴山台の駅に、サナキさんが待っていた。電車からおりた穂乃果たちにすぐ気づき、ゆっくりと近づいてくる。

「いらっしゃい。お嬢さんがた」

乃愛は、大人っぽく静かに、一礼した。サナキさんがやさしくほほえむ。

「はじめまして。穂乃果さんのお友だちですね」

「はい。倉橋乃愛です」

乃愛のまよいのない返事が、穂乃果を喜ばせた。乃愛とはもう、友だちになれたんだ、たった一時間で。

サナキさんは穂乃果のほうを向くと、

「遠かったことでしょう。いらしていただけて光栄です」

いつもと変わらない調子で、おだやかに話しかけてくれた。目を見張るほどの美少女を連れて来たのに、乃愛をもてはやすこともなく、穂乃果を一番に思ってくれているような感じが、うれしかった。

「では、まいりましょうか。わが家にご案内します」

柴山台は古くさい駅舎のわりに、一歩外へ出ると、目の前に大きなショッピングセンターがあり、気のはやいクリスマス・イルミネーションが輝いていた。人も多く、思ったよりにぎやかな町だ。

それでも、ショッピングセンターの裏手は広い畑になっていて、商店街を外れると、もう田舎町の風景だった。歩いている人の数が急に減り、かわら屋根の家がひっそり並んでいる。

ひなびた感じの神社があり、四角い箱みたいな交番があり、せまい道路にはサビた自転車が捨てられていた。

「ずいぶんと寒くなりましたね」

乃愛が無口になってしまったので、サナキさんと話すのは、もっぱら穂乃果の役目だ。

「冬だから――ですよね」

当たり前の返事をすることさえ楽しかった。サナキさんと乃愛、あこがれる二人にはさまれ、穂乃果は夢の中を歩いている気分だ。

「あとひと月もすれば、クリスマスですな」

「クリスマス、楽しみです。ね、乃愛ちゃん」

初めて、乃愛を名前のほうで呼んだ。乃愛が、

「うん」

短く答える。きれいな顔は、うつむきがち。それは決して三人での会話をいやがっているのではなく、極端に緊張しているせいのように見える。乃愛ほどの子でも緊張したり、はにかんだりするのかと思うと、穂乃果の肩の力がぬけた。

「わが家は、じきですよ」

小さなクリーニング店の角を曲がり、畑の中の一本道を進むと、見覚えのある家が現れた。

「あ！」

思わず、穂乃果は口もとを押さえた。それから「うふふ」と、楽しげに笑う。

（マカロンのおうちにそっくり！）

心の中で、そう思った。ヨーロッパの山小屋風な、三角屋根の大きな家は、サナキさんがくれた木彫りの家とまったく同じ形をしていた。予想もしていなかったから、びっくりした。ネギ畑が広がる風景の中で、その家だけが不つりあいなほど、しゃれていた。

「ドイツのディンケルスビュールあたりの、歴史ある木組の家がすきでしてね。若い時分に、こんな家を作らせたんです。もう四十年も住んでいます」

「すてき……」

と、先に言ったのは乃愛だった。

「ほんとにすてきですね」

穂乃果も、うなずいた。

「若いころは来客が多かったので、部屋数を増やしたんですがね、ひとりでは広過ぎる」

サナキさんは今、「ひとり」と言った。それじゃあ、奥さんや子どもは、いっしょに暮らしていないのかな？

穂乃果の疑問に答えるように、

「わたしは、結婚というものをしませんでした。まぁ、キザに言うなら、芸術と結婚したと言えるかもしれませんね」

11 心までは残せない

ツタもようの美しい門をくぐり、重たげな玄関ドアを押し開けると、そこは広々としたサロンのような空間だった。穂乃果が驚いたのは、そこに美術館と見まちがえるほど、たくさんの木彫りの彫刻が並んでいたことだ。等身大のビーナス、たてがみをなびかせるユニコーン、はばたく大きな鳥……。

「すごーい!」

穂乃果は、思わず声をあげた。

「これらは、わたしが遊びで作ったものです。おはずかしい」

乃愛が、ビーナスの前に駆けていく。そして、

「エッセイで読みました。砂名木さんは五十才ごろから、彫刻をやり始めて、そっちのほうでも評価されてるって」

像を熱心に見上げながら、ため息とともに、そう言った。

「いやいや、たんなる趣味ですよ」

サナキさんは、ゆっくりと首をふる。

「本業の建築をやっているときは、彫ったり切ったり組み立てたりは、すべて職人さん任せでした。自分でやるようになると、職人さんたちの苦労が初めてわかります。こちらの都合で急がせたり、無理な注文をつけた日々を反省しております」

コートをぬいで黒いセーター姿でサロンにたたずむサナキさんは、図工の教科書に出てくる芸術家のようだ。センスのいい服装、デリケートな物ごしが、サロンのインテリアとぴったり合って、芸術雑誌の一場面を見ている気になった。

「ゆっくりくつろいでいただきたいが、遅くなると帰りが心配ですからね。早速、お茶の用意をしましょう」

サロンの奥の部屋に導かれると、そこはサロンとうって変わって、明るく現代的なリビ

ングになっていた。白と黒の格子もようのゆかに、黒い長いテーブル。ランプのかさは、大きな透明のビンみたいな形。ムダな物は、なに一つない。

エアコンも、ほどよくきいていた。

「そちらのイスにかけて、お待ちください」

サナキさんが部屋から出てしまったので、穂乃果は遠慮なく、あたりを見回した。

乃愛も、同じようにしている。かべぎわに立派なサイドボードが置いてあり、中に賞状やトロフィーやメダルがいくつも飾ってあった。

穂乃果と乃愛、どちらからともなく立ち上がり、サイドボードに近づいた。難しい字は読めないけれど、どの賞状にも、サナキさんの建築物をほめたたえる言葉が記されているようだった。知らない国の文字も多い。金のトロフィーや勲章を間近で見るのは初めてだ。

「サナキさんって、ほんとにすごい人なんだ」

それを思い知らされて、穂乃果はさっきより緊張してきた。

「そうよ。砂名木芯は、この国の宝みたいなもんだって、ママが言ってた」

乃愛の声が、静かなリビングに強く響く。どこかでカサッと物音がして、二人は急いでテーブルにもどり、行儀よくひざの上で両手をそろえた。

「お待たせしました。あたたかい飲みものをどうぞ」

サナキさんが、銀のトレイに三つのティーカップを載せて、運んできた。

「年寄りの作ったものですから、お口に合うかどうか」

せんさいな花の絵柄のカップには、ココアがなみなみとつがれていた。あまさといい、ミルクのかげんといい、すばらしくおいしい。

「おいしい！」

二人同時に言ったら、テーブルの向こうで、サナキさんがにっこりほほえんだ。

いつもの笑顔に、穂乃果の緊張もいっぺんにとけていく。この人がどんなにえらい人でも、穂乃果の知っているサナキさんに変わりない、そう思うと安心できた。

となりで乃愛もうつむきながら、だまってココアを飲んでいる。

そのうち、何か決心したように、乃愛はにぎった手を胸に当てると、おそるおそるしゃべり出した。

「あの……建築家になろうと思ったのは……いくつくらいのときですか？」

サナキさんは小さく首をかしげ、

「さて、いくつだったか？」

と、考えこんだ。乃愛の目は、まっすぐサナキさんに注がれている。

「教えてください。なろうと思ったきっかけとか……」

「きっかけですか。ふむ、そうですねぇ、ふり返ってみると、わたしは幼いころから手先が器用でしてね。それがきっかけと言えば言える。絵にも興味があって。男のくせに、外で飛び回るよりも、中で何かを作るほうがすきだったのです」

　同じココアをすすりながら、サナキさんはめずらしく自分のことを話し始めた。ここが自分の家だから、リラックスしているのかもしれない。

「学校を出て、ヨーロッパへ勉強に行きまして、もどってきたときに日本はずいぶんと芸術面で遅れているように思えましたね。しかし、若い世代には、新しい芸術の波を起こそうとコブシをあげる連中がたくさんおりまして。わたしもそのころは、じゅうぶん若かったので、ずいぶん張りきったものですよ」

　穂乃果も乃愛と同じように、サナキさんをじっと見つめていた。

「ハタチくらいのときには、もう、いっぱしの芸術家きどりでしたね。自分で言うのはおこがましいが、わたしの作品は早い時期から世の中に認められましてね、それからはトントン拍子。やりたいことは、ほとんどやってきたんです」

　黒と白のシンプルなリビングは、どこか教会に似た、おごそかな空気が満ちていた。そこで指を組みながら語るサナキさんは、神様の前で祈る人のように見えた。

「建築家としては恵まれた人生でした。しかし、つい先日までは、その運をありがたがるからね。

気持ちなぞ、これっぽっちも持っていなかった。順調なのが当たり前。そんな日々でした

ところが、三年前に病院の検査で悪いところが見つかって以来、ふと考えこんでしまう

んです。自分はいったい何をやってきたんだろうか、とね」

乃愛が間を置かず、

「建築をやってきたんじゃないですか？」

と、真剣な口調で言い返した。

「そうです。わたしはたくさんの建物を作ってきた。それらは人々に喜ばれ、わたしがこ

の世界からいなくなったあとも、形として残るでしょう。わたしの名前を覚えていてくれ

る人もいるでしょう。しかし、心までは残せない。それが残念です」

さみしげなサナキさんの表情に、穂乃果は胸をしめつけられた。

「もしもわたしに愛する子どもなり、信頼する若い弟子なりがいたら、この家ごと、その

子らにゆずり、わたしの心を伝えていくことができたんじゃないかと、つい考えてしまう

のです」

穂乃果も乃愛も、ココアを飲むことさえ忘れ、サナキさんの言葉に聞き入った。

「こういうときにわたしはこうしていたとか、ああいうときにわたしがああしていたとか、

そういったちょっとした形のない思い出。ささやかな思い出。人間が伝えていくべき、一番大切なことは『物』ではなく、『心』かもしれない。この年になって、つくづく実感します」

今日の話は難し過ぎて、穂乃果にはうまく受け止めることができない。自分がもう少し大人だったら、サナキさんを励ます言葉を上手にかけてあげることができるのに、と自分の若さがくやしかった。

それは乃愛も同じだろう。乃愛の美しいくちびるは、何か言いたげに薄く開きながらも、言葉は出てこなかった。

「つまらない話をしました。おや、もうこんな時間だ」

サナキさんはリビングの、文字盤が銀色に浮かぶ時計に目をやった。

「時間のたつのが、なんと速い。さぁ、駅まで送りましょう」

サナキさんがコートを着ている間に、玄関ベルが鳴った。

「やぁ、ご主人、遅くなりました。昼間、一度来たんですが、お留守だったでしょう?」

作業服のおじさんが、茶色いハトロン紙でくるんだ品物を、玄関に置いていった。

「これは、年賀状です。印刷を頼んでおいたんです」

ハガキのたばは、三十センチほどの厚みがあった。たくさんの年賀状を、サナキさんは知り合いに送るんだろう。それなのに「心」を残す、たったひとりの人を今も探しているなんて……。

ドアを開けると、外は冬のいてついた闇におおわれていた。玄関から門までの小さな前庭に、外国風な街灯がともり、木々をあわく照らしていた。

「来年も生きていたいものです」

サナキさんは、ぽつりとつぶやいた。そしてすぐに、

「あれは、ハンカチの木という名前がついています」

と、玄関脇の背の低い木を指した。

穂乃果が、

「ハンカチ?」

と、聞き返した。

「五月ごろに、まっ白なハンカチのような花が、枝につくらしいのです」

葉をすべて落とした枝は、えんぴつみたいに細く、幹も白っぽくて、たよりなかった。くちる寸前の老木といった印象だ。

「あの木は、植えた当時から弱っていたのでしょう。花をつけることがなく、わたしも、本当にハンカチに似ているのか、確かめたことがないんです。最近、とくに元気がなく

なって、来週には植木屋に切ってもらう予定でいます」

「切っちゃうんですか？　かわいそうみたい」

穂乃果の言葉に、サナキさんはやさしくうなずいた。

「そうですね。木にだって命がある。けれど、どうすることもできない。せめて、あの木がここにあったという記念に、小さな彫刻を作りましょうか」

サナキさんは一瞬、空をあおぎ、それから穂乃果に顔を向けた。

「どうでしょう？　クリスマスツリーというのは。先日、さしあげたクマの庭に、そのツリーをいっしょに飾っていただけたら光栄です」

「わぁ、すてきです！」

はしゃぐ穂乃果の横で、乃愛は所在なさそうに、何度もサナキさんの家をふり返っていた。穂乃果は、ふしぎな感覚につつまれた。いつもは乃愛が世界の中心で、どんな人も乃愛に話しかける。

だけど今、サナキさんのまなざしは穂乃果にまっすぐ、注がれている。それが穂乃果の自信を芽生えさせた。自分はもしかしたら、乃愛よりも魅力的な女の子なのかもしれない、と。

12 なみだの理由

家に着くと、午後七時を回っていた。今日はいろんなことがあり過ぎて、穂乃果はつかれきっていた。穂乃果よりは遅く、でも予定よりずっと早く帰ってきたお母さんに、

「もう寝るから」

とだけ告げ、さっさと部屋へ引っこんだ。

それから五分もたたないうちに、スマホが鳴った。

「穂乃果」

麻衣からだ。ふだんは家の電話にかけるのが穂乃果の家のルールで、そのことは麻衣も知っている。

「ごめん、こっちにかけちゃって。今、ママにむかえに来てもらって、帰って来たとこな

んだ。遅いから、お家の電話じゃ悪いかなって思って」

麻衣は今日、英会話教室のイベントだったはず。放課後に遊べない、と向こうから言ってきて助かったのを思い出した。

「穂乃果、寝てた？」

「寝てないよ。まだ九時じゃない」

「眠そうな声してる」

「……校庭十周のせいかな」

「ああ、そうだよね。きつかったね」

体育の授業で走らされたグラウンド。ふくらはぎのあたりが、かすかに痛む。だけど、つかれたのは、そのせいじゃない。

「でさ、今日、電話したのは、明日、ほら、うちに遊びに来てもらう番でしょ。けど、ごめーん。ダメなんだ。茉奈がさ、りんご病とかいう病気になっちゃって、熱出てて」

「えーっ、だいじょうぶ？　りんご病って、なに？」

「風邪みたいな感じ。ほっぺとか赤くなってる。だから、りんごなんだって」

「はやくなおるといいね」

「うん。うつる病気だから、一週間、学校は休むらしい。で、ママも忙しくって、わたしが手伝わなきゃならないわけよ」

「大変だね」

「だから来週の木曜まで、遊べない。ごめんね。ほんと、ごめん」

「いいよ、しょうがないもん」

麻衣の妹は、アレルギー体質とかで、赤ちゃんのころから、しょっちゅう風邪をひいたり、ぜんそくを起こしたりしていた。そのたびに、麻衣が家の手伝いにかり出され、穂乃果との約束が流れてしまうことが、今までに何度もあった。

そういうとき、ひとりっ子の穂乃果は、ちょっぴりさみしさを感じて、兄弟がいたらなぁと思ったものだ。だけど今は、あやまり続ける麻衣に、明るく、

「いいよ、いいよ」

と、言える。断ってくれて、むしろありがたいほどだ。

だって穂乃果は、ひとりでゆっくり、今日の出来事をいつまでも思い返したかったから。サナキさんから聞いたいろいろな話が、穂乃果の胸いっぱいに広がって、今までみたいに麻衣とはしゃぐのが、おっくうになっていた。

電話が切れたあと、穂乃果は部屋のベッドに寝転んで、考える。

「サナキさんは、死んでしまうのかしら?」

病気はそれほど悪いのだろうか？　来年、生きているかどうかわからないほど、死は近いのか？

「あんなに元気そうなのに」

でも、よく考えたら、誰の未来だって、サナキさんと同じことかもしれない。穂乃果にとっては、まだまだ永遠に続きそうな人生だけど、いつかは終点がやって来る。秋田に住むおばあちゃんも、去年いなくなってしまった。通学路で旗を持って見守ってくれた近所のおじいさんも、この春に死んでしまった。

「死って、なんだろう？」

持っていたものをぜんぶ捨てて、誰も知らない国へ行くこと？

じゃあ、生きるっていうのは、死という終着駅へ向かって進む、電車みたいなもの？その国には、何が待っているの？

自分の持っているもの、たとえば、お母さんがプレゼントしてくれた花のブローチや、お習字でもらった表彰状や、麻衣とトロピカルランドで写した写真とか、ためてあるお年玉とか、そういう大事なものは、どうなるんだろう？　自分の名前さえ、消えてしまうのが死なの？

今までやってきたこと、楽しかったことも、つらかったことも、ぜんぶゼロになるのが、死なの？

なら、なんで、毎日がんばらなきゃならないんだろう？

「わたしが死んだら……」

そのときを想像すると、本当にこわくなる。からだがブルブルふるえるくらい。

「誰に心を伝えればいいだろう？」

麻衣だったら、妹に伝えるだろうな。

「わたしは、誰に？　お父さんやお母さんは、先に死んじゃうだろうから、わたしは……」

しんとした部屋。もどってこない返事。

穂乃果の目に、なみだがあふれてきた。お母さんがリビングにいるのに、「ひとり」を感じた。

穂乃果はあわてて、引き出しの奥から、木組みの家を取り出した。

「マカロン」

穂乃果はマカロンをにぎりしめ、ベッドに横になった。

「今日はいっしょに寝よう」

指先で、マカロンの頭を、コクンと動かす。

「ありがとう、マカロン」

また、コクン。半月型のやさしい目を見ていると、ふくらんでいた〝こわい想い〟が、しぼんでいく。

カーテンのすきまから、駅の明るい電気の光がさしこんでいる。

町は動いていて、人は元気に行き交う。死は遠い遠い、夢物語になっていく。

「マカロン、明日、麻衣と遊べないよ」

空いた時間、何をしようか考えておこう。近くの図書館へ行こうかな？　アーケードの商店街を歩いてみようか？　それとも、それとも。

「乃愛ちゃんを、誘ってみようか……」

電車の中で、おたがいのメアドを交換したっけ。

「今日は楽しかったねって書いて、明日とか、あさっての予定を聞いてみようか……」

穂乃果はたちまち元気になって、スマホの画面をタップしていた。

メールを発信した次の瞬間、もう乃愛から返事が来た。

うれしい！　あした、行きます！

穂乃果のねむけが、いっぺんに吹きとんだ。あわてて部屋を片づけ、お母さんに、新しい友だちが遊びに来ることを、興奮気味に伝えた。それがブログを見せた乃愛だと知って、

お母さんも、

「とっておきのおやつを用意するわ」

と、うれしそうだった。


そして約束どおり、放課後、乃愛が家にやって来た。かざりけのないビルの玄関口が、乃愛の登場でパッとはなやいだ。

「砂名木さんの載ってる本を持ってきたよ」

乃愛は、麻衣のようにさっさとお菓子に手をのばしたりしない。部屋をジロジロと見回すこともない。大人っぽいレザーリュックから、三冊の雑誌を取り出し、サナキさんのエッセイを見せてくれた。どの号でも、芸術品のような建物の写真と、いかにもえらい人らしく写っているスーツ姿のサナキさんが載っていて、もし乃愛に教えてもらわなかったら、気づかずページをめくってしまいそうだ。

「これは、長野にある市民会館なんだって。砂名木さんの家と感じが似てるね」

カラーグラビアに写るドイツ風な木組みの会館は、サナキさんが穂乃果にくれた「マカロンの家」にも、そっくりだ。引き出しの奥から、今すぐその家を出してきて、乃愛に見せたい気持ちもあったけど、自慢ととられるといやなので、やめておいた。

「米田さん、いつか長野に行きたいね。本物を見てみたいね」

乃愛の目は真剣で、「いつか」はかならず来るような強さがあった。

「そうだね」

答えながら、穂乃果は、かべの時計をさりげなく見上げる。

もうじき四時と思うと、そわそわしてくる。

「乃愛ちゃん、もうすぐ駅にサナキさんが来るよ。土日以外は、いつも、この時間に駅にいるの。会いに行こうよ」

乃愛は、顔いっぱいの笑顔で、うなずいた。

サナキさんと穂乃果、それに乃愛。夕方、公園でのティータイムは、その日から「三人いっしょ」のことが多くなった。

乃愛は、あの日以来、たびたび穂乃果のところに遊びに来るようになった。グループの友だちの誘いを断るのが大変だ、と笑う。

サナキさんは話し相手が急に増えても、なに一つ変わらなかった。やさしく、おだやかに、少しずつ自分のことを教えてくれる。

「病院では、元気の出る薬を点滴してもらいます。アルブミンという、本来なら自分のからだが作り出せるものですが、病気のせいで減ってしまうんです。注射は痛くもかゆくもありません。病院のベッドに二時間ばかり寝ていればすむ。薄い黄色の薬が、管を垂れるさまは、まるでレモン水のようで美しいものです」

乃愛は、

「砂名木さんの創った建物の話をしてください。どんなときにアイディアが浮かぶとか、どうしてそういう形にしたのかとか……」

先週、サナキさんの家に行ったときよりも、ずっとおしゃべりになっていた。でも、でしゃばった感じはしない。サナキさんのプライベートなことを興味ほんいで聞くのではなく、〝作品〟について本当に知りたそうだから。

サナキさんのほうは、

「たいしたエピソードはありませんよ」

と、その話はすきじゃなさそうに答える。

「お嬢さんがたが聞いても、たいくつでしょう」

ベビーカーを押したお母さんがやって来て、赤ちゃんをだっこして砂場にすわらせた。

どこからか飛んできた太った鳩が、道に迷ったみたいにちょこちょこ歩いている。あとは誰もいない。

缶ジュースを飲みながら、三人は時々いっせいにだまった。その静けさも、穂乃果にとっては心地よく思えた。目の前に、やさしいサナキさんがいて、となりにずっとあこがれていた友だちがいる。満たされていた。

サナキさんと駅で別れたあと、乃愛はたいてい穂乃果の家に来て、お母さんが帰ってくる直前の七時近くまでいっしょに過ごす。乃愛は、サナキさんとしゃべることで力を使い果たしたように、穂乃果の家では口数が少なくなる。ゲームをやろうと言っても、首を横にふる。穂乃果は少し、持て余してしまう。

カーテンを閉めた窓べ、ソファの上でひざをかかえた乃愛が、

「米田さん、ねぇ」

と、穂乃果を手招いた。ソファの乃愛は、血統書つきの美しいペルシャ猫みたいなしなやかさで、クルッと背中を向ける。

「ねぇ、わたしの背中、見てよ」

「背中?」

乃愛は、なんだか、せっぱつまったような声を出した。

「セーター、めくっていいよ」

　細かいラメが編みこまれたセーターの下は、白いTシャツ。それも、めくっていいと言う。ドギマギしながら、穂乃果が乃愛の言う通りにすると、

「あ！」

　見てはいけないものを見た気がして、つまんでいたセーターをあわてておろした。白い背中が一面、あずき色に変色して、地図みたいなまだらもようを作っていた。あきらかに異常だった。

「びっくりした？　わたし、水泳の授業、心臓が悪いからってパスしてるけど、ほんとはこれのせいなんだ」

「ど、どうしたの？」

　こんなにきれいな乃愛の一部に「きれいでない」場所があるのが、信じられなかった。

　乃愛は、正面に向き直り、

「昔のヤケド」

と、サバサバと言い、ひざがしらをたたいた。

「ママがね、おなべのお湯をこぼしちゃったのよ」

　こぼした？　こんなところに？

「ママね、変だよね。ちっちゃいころ、ママがこわくて、しょうがなかった。わたしがテ

レビ見てたり、絵を描いたりしてるとき、急にママは後ろから――」

乃愛は、ひざをギュッとかかえ、うつむいた。

「その瞬間は熱くないんだよ。びっくりするだけ。そしてだんだん、痛くなる。いつまでもいつまでも痛いんだ」

「……」

「わざとやったんだよ。怒ると、いつも。服の下に隠れるとこに、お湯をかけたり、タバコの火を押しつけたり」

穂乃果は言葉を失った。乃愛のひざがしらに、なみだのつぶが、こぼれ落ちる。

「ママがこわいんだ。今はもう、そんなことしないよ。けど、からだじゃなく心に傷をつける。あんたはスターにならなきゃいけない。あんたはそれしか取り柄がないから。スターになってお金をかせげって」

「……」

「あんたはバカでダメで、本当の友だちなんかできるはずないって」

「乃愛ちゃん……」

「昨日なんて、ママに『あんたは人形』って言われた。『あたしがあやつらなきゃ、なんにもできない、できそこないのあやつり人形』だって」

「……ひどい……」

「裏門を開けっぱなしにするのは、いつでも逃げ出せるようにしたいから。どこにいても、閉じこめられてるような気がして、息苦しいんだ。わたし、ママが大きらい。自分も大きらい」

「乃愛ちゃん、もういいよ。もういいから、ね、もう……」

穂乃果も泣いていた。泣きながら、乃愛をだきしめた。乃愛が、しゃくりあげながら言う。

「ずっと米田さんのこと、やさしそうって思ってたよ。なんでも話を聞いてくれそうだなって」

二人は、しばらくそのまま、なみだの流れるままに任せていた。

13 アッパーガールが開けた門

金曜日、穂乃果が登校すると、女子がグループになって教室の後ろに集まっていた。

その中に麻衣もいたので、

「どうしたの？」

穂乃果は、麻衣の肩先をたたいて聞いた。

「あ、おはよ！　一組の倉橋さんが『アッパーガール』グランプリに選ばれてるよ！」

女子たちが朝からはしゃいでいるのは、そのせいか。アッパーガールは、小学校高学年向きの有名なファッション雑誌で、毎年、美少女コンテストをやっている。選ばれると、その雑誌の専属モデルになり、タレントになる人も。今、テレビで活躍している女優や歌手の中には、アッパーガール出身の人たちが、たくさんいる。

「すごいよね。見てよ」

麻衣が、女子の輪のすきまから、雑誌を持ってきた子に向かって、

「穂乃果にも見せてあげて」

と声をかけたので、きらびやかなカラーページが、穂乃果の前に差し出された。

ロイヤルブルーって言うんだろうか、フリルやレースいっぱいの青色のドレスを着て、髪をお姫様のように巻いた乃愛が、〝グランプリ〟を表すティアラをつけてほほえむ写真が、一ページを使って大きく載っていた。

「きれいねー」

「さすがだよね」

「すぐに女優さんになれるよ、きっと」

「うちの学校からアッパーガールが出るなんて、自慢できちゃう」

女子たちは、自分のことのように喜んでいる。麻衣もテンションが上がっていた。

「倉橋さんに、今のうちにいっしょに写真、撮ってもらおうかな。ねっ、穂乃果」

穂乃果は複雑な気持ちだった。この笑顔の写真と、昨日の泣き顔。あまりにも差がありすぎて、とまどってしまう。

予鈴が鳴り、雑誌で浮かれていたみんなが、それぞれの席へ散っていく。麻衣も、

「今日、やっと遊べるね。ごめんね」

と、ピースサインを出しながら、席へもどっていった。

そう、今日は久しぶりに麻衣と約束をしているんだっけ。昨日、麻衣から「茉奈の病気がなおったから、明日はうちに来て」とメールをもらったのは、乃愛が帰って一時間近くたった後だった。部屋には、まだ重苦しい空気が残っていて、穂乃果の目に、乃愛のあずき色をした背中が焼きついていた。

「うん、明日、おじゃましまーす」

いろいろ考えた末に、麻衣に簡単な返信をした。乃愛の秘密を知ったとたん、乃愛に「明日からは遊べない」と告げたら、きっとショックを受けるだろう。でも、次にどんな顔をして会って、どんな話をすればいいのか、穂乃果にはわからなかった。

秘密を打ち明けてくれたのは、心を許してくれたようでうれしい反面、背おいきれない荷物を分けられた重たさがあった。

だから、乃愛に悪いと思いつつ、麻衣のほうを選んでしまった。

穂乃果は、乃愛に断りのメールを打った。

「明日から、お母さんの用事があって、しばらく遊べません。サナキさんにも会えなくて残念。またね」

乃愛からは、いつものように、すぐに返信が来た。

「わかった。メールありがとう。またね」

さっぱりしたものだった。穂乃果が思うほど、乃愛はうちに来るのを楽しみにしていたわけでもないのかも、と思えてきた。

穂乃果はマカロンをにぎりしめ、スマホでサナキさんにも電話をかけた。そして、乃愛のメールに書いたのと同じことを話した。乃愛を外して、サナキさんと二人で会うのは、ぬけがけみたいで、穂乃果自身が許せなかったから。

サナキさんはやさしく、

「何度も言うように、お若い人たちはお忙しい。どうぞ、お気になさらず」

と答え、穂乃果が通話終了のボタンを押すまで、電話を切らなかった。


「おっ、倉橋が走ってるぞ」

中休みに二組の男子たちが、並んで校庭を見おろしている。一組は、三時間目が体育らしく、みんな、運動着になって中休みを過ごしているらしい。今日はアッパーガールの件があったから、うちのクラスの男子も女子も、乃愛の姿を追っていた。

声につられ、穂乃果も窓を見おろす。白い運動着の乃愛の背中が見えたとたん、窓から目をそらす。

それでも、あずき色の背中が頭から離れない。授業で習った〝ギャクタイ〟という言葉が浮かんだ。乃愛は、自分の家族だから近過ぎてわからないのかもしれないけど、あれは――。乃愛のお母さんが絶対に絶対に悪い。いけないこと、まちがったこと、ありえないことだ。

(だけど、わたしに何ができる?)

どうすることもできやしない……。


その日からは、放課後、麻衣とおたがいの家を行き来する、いつもどおりの毎日がもどってきた。サナキさんに「しばらく会えない」と言った手前、家にいても四時に電車を見ることは、さけていた。

「三上ちゃんってさぁ、彼氏、いるのかなぁ。二十五才だって」

麻衣は、お菓子をつまみながら、担任の恋話で盛り上がる。

「三組の長島先生、お似合いじゃない? ナガシマどぇーす、って自分を呼ぶ、あの変な先生」

おじさん、おばさんの先生が多い中、長島先生は二十代で、習ったことはないけれど、全校集会のあいさつなどで、おもしろそうな先生だと思っていた。

「そうだね。職場恋愛、ありありだね」

答えながら、穂乃果は別なことを考えている。この時間、もし公園にいたら、どんな話をしているだろう？　ベンチに、サナキさんをはさんで乃愛と自分がすわる。缶ジュースはオレンジだったり、グレープだったり。クラスのことや、すきな本のことなど、乃愛とかわるがわる話す……。その風景の中にいるほうが、本当は自分らしいんじゃないか？

「穂乃果？」

「ん？」

「ほら、れいのジジイの話、このごろ、しなくなったけど、どうしてるの？」

「ああ、もうぜんぜん関係ない。会ってないもん」

それで終わり。

穂乃果は心の中で、ため息をつく。友だちに秘密を持つなんて、それまでの自分じゃ考えられなかった。思うままに話したり、すきなことだけを選んでやる自由さが、だんだん減っていく気がする。それが大人になるということなんだろうか？

「学校の裏門さぁ」

麻衣の話は、クルクル変わっていく。

「まだ、いたずらしてるらしいよ、倉橋乃愛が」

「ふーん」

「あの子、何考えてるんだろうね？　そんなに先生に怒られたいのかな？」

（開けとかなきゃ苦しいんだよ）と、今の穂乃果にはわかっていた。乃愛の背おう重たい荷物を、麻衣は知らない。

（乃愛には逃げ道が必要。そして、わたしにも……）

勇気があったら、同じことをするだろう。

学校が嫌いなわけじゃない。

〝こうしなきゃならない〟っていう大人の決めたルールから、飛び出したいだけ。

子どもは学校で毎日、勉強しなきゃならない。

子どもは元気に友だちと遊ばなきゃならない。

子どもは子どもの友だちを作らなきゃならない。

裏門を自分で開けるくらいの力があったら、麻衣にもお母さんにも、年の離れた大切な友だちのことを話せるのに。

カレンダーが十二月に変わると、町はいっきにクリスマスムードにそまっていく。

児童館でも学年ごとのイベントが予定され、穂乃果と麻衣は、クリスマス・エッグ作りと、ミニパーティーの回に参加を申しこんだ。

今日は、エッグ作りの日。穂乃果は朝から楽しみにしていて、授業もうわの空。終業チャイムが鳴るやいなや、麻衣といっしょに児童館へ急いだ。

クリスマス・カラーのオーナメントに彩られた児童館は、先月来たときよりずっと、はなやいでいる。

「穂乃果、友情の印に、できたのを交換しようよ」

「いいね。きれいに作らなきゃ」

制作室は、教室の倍も広く、四人ごとのテーブルに分かれているけれど、二人で参加しても、一つのテーブルを独占できる。他の学校の、知らない子たちと交じらないから気楽だ。

「難しいねー、こんなちっちゃな穴から、入れるの？」

あらかじめ、穴をあけて中身を出してあるタマゴに、ポプリをひとつまみ入れ、オーガンジーのリボンで、その穴をふさぐ。麻衣は、最初の段階から手こずっていた。器用な穂乃果は、すでに穴をふさぎ、外側のカラに、赤や緑の端切れをのりづけして、飾りつけていた。

「速いなー、穂乃果。ねぇ、手伝って。うまくポプリが入らない」

「どれどれ？　かして」

穂乃果にタマゴを渡して、暇になった麻衣は、

「ねーねー、わたし、ずっと考えてたんだけどさぁ」

ひとりでしゃべり出す。

「穂乃果が会ってたジジイのこと、引っかかってるんだ。どうして穂乃果に近づいたんだろうって想像してみた。つまり――さみしいんじゃない？　病気とか言ってたでしょ？　もしかしたら、もうすぐ死ぬのかもしれなくてさ、それで、誰かといっしょにいたいんだよ」

穂乃果はだまって、タマゴにポプリを押しこむ。

「そのジジイが、どんな家族と暮らしてるか知らないけど、誰とも心の底からうちとけてなくてさ、新しい誰かを探してたんだよ。でさ、穂乃果も――。こんなこと言っちゃ悪いけど、穂乃果もさみしいんじゃない？　お家に帰っても、お母さんいないし、おじいちゃんたちも遠くに住んでるでしょ？　だから、二人のさみしさがピッと重なって、穂乃果はあのジジイに夢中になっちゃったんだよ」

「夢中になったんじゃない」

穂乃果は、手を止めて、言い返した。サナキさんがすきだけれど、夢中っていうのとはちがう。もっと、おだやかで、自然なんだ。いっしょにいたいと思うだけ。

「それに、わたしはちっともさみしさなんか感じてないよ」

つい、声が荒くなる。

「ごめん、そんな意味じゃなくって」

「ずっとひとりには、なれてる。親が働いてる人なんか、たくさんいるし。もっとちっちゃい子だって、ひとりでお留守番してるし」

「ごめん。言い方、まずかったかな。わたし、穂乃果が心配なんだよ。だから、いろんなこと考えちゃう。穂乃果は、そのジジイに同情してるんじゃない？　病気で、かわいそうって」

「ちがう。そうじゃなくて……」

気持ちをうまく言葉にできず、穂乃果は、はがゆかった。なんと言えば、伝わるんだろう？　サナキさんといると、心が温かくなる。自分が自分らしくいられる。

「あのさ、穂乃果」

言葉につまった穂乃果に、麻衣が真剣な顔を向ける。

「わたしが一番言いたいのは、あのジジイは、穂乃果が考えてるほど、穂乃果を頼りにしてるわけじゃないってこと。老人の相手は、誰だっていいのよ。ただ、たいくつでさみしい時間をいっしょに過ごして、おとなしく話を聞いてくれる人でありさえすれば」

　麻衣の言葉が、穂乃果の心につきささる。穂乃果は、小さく首をふった。

「サナキさんは、わたしを待っていてくれるのよ」

「ちがうの。ジジイが待ってるのは、穂乃果じゃなくて——、うん、たぶん、あのジジイ自身なのよ。変な言い方だけどさ、誰かを待ってるんじゃなく、うーん、なんて言うんだろ?　つまり——、自分を見つめてるのかな?　うん、そんな感じ。わかる?」

　今日の麻衣は、すごく意地悪だ。せっかく久しぶりに児童館に来て、二人で夢のあるクリスマス・エッグを作っているのに、なんで、こんな話をしなきゃならないんだろう?
ここは学校じゃないのに。なんで友だちに、追いつめられなきゃならないの?

「あ、ごめん。言い過ぎた」

　だまり続ける穂乃果に、麻衣があやまる。

「ほんと、ごめん。けど、わたしの気持ちもわかってよ。心配なんだよ。このごろの穂乃果、ちょっと変だから」

　そして、声を落として続けた。

「穂乃果のこと、さみしいんじゃないかって言ったけど、もし穂乃果が本気でさみしいなら、わたしだって、すっごくさみしいよ。だって、親友なのに、友だちのさみしさを分けてもらえないんだもん。穂乃果がだまっちゃうと、つらいんだ。わたし、穂乃果がすきなんだもん。ずっと親友でいたいんだもん。元気出してほしいから、だから、だから――」

最後のほうは、なみだ声になっていた。

「麻衣――」

ようやく気づいた。麻衣がしつこいほどサナキさんの話を持ち出すのは、意地悪なんかじゃないんだ。あえてきびしい言葉をぶつけてくるのは、心の底から想ってくれているから。

親以外に、こんなに自分を気にかけてくれる人がいるなんて。穂乃果の胸が熱くなってきた。

「麻衣……」

「穂乃果」

麻衣が右手を差し出す。穂乃果は、作りかけのタマゴを置いて、その手を両手でつつんだ。「友情」とか「親友」とか、そういう言葉がすきじゃなかったけれど、ここに大切な友だちがいる喜びを実感した。

14 心のざわめき

一時間ほど過ぎたころには、制作ルームに集まったみんなが、それぞれにクリスマス・エッグを仕上げていた。児童館のおねえさんが、

「自分の作った作品を持って、前に集合！　今から、記念写真をとりまーす！」

と、呼びかける。広報誌に小さく載せると聞き、麻衣は髪を指でなでつけ、

「先に言ってくれたら、もっとかわいい服、着てきたのにぃ」

と、ぼやいた。

四十人ほどの参加者が、黒板の前に三列に並んだ。

「前の列の人、すわって。二列目は、中腰」

などと、おねえさんの指示を受ける。三列目の端に立った穂乃果の耳に、前の列の、ちが

う学校の子たちのおしゃべりが飛びこんできた。

「アッパーガールの倉橋さんって知ってる？」

おしゃれずきそうな女の子が二人、

「知ってる、知ってる」

「美人だよねー。写真、見た」

うなずき合っている。話をふったポニーテールの子が、

「わたし、薬園町の駅で、倉橋さんを見たよ」

と、自慢げに声を高めた。

「いっしょにいた子も、『あれは倉橋さんだ』って言ってたから、まちがいない」

「そういえば、小学校、近いもんね」

穂乃果と麻衣は、目を合わせて、クスッと笑った。自分の学校の子が、ちがう学校にも知られていると思うと、うれしかった。

「わたしも見てみたいなー、倉橋さん」

「本物もきれいだった？」

すると、ポニーテールの子が、思いがけないことを言った。

「すんごいキレイ！　倉橋さん、おじいちゃんと駅にのぼっていったよ。そのおじいちゃ

んが、また、すんごいダンディなんだ。背が高くて、ハンチングっていうのかな、そういう帽子をかぶってて」

穂乃果の心臓が、ドキンと波打った。おじいさんの風ぼうは、まるでサナキさんだ。駅で二人が会った？　どういうことだろう？　穂乃果の顔色が青ざめる。

児童館のおねえさんが、

「さぁー、みんな、写しまーす！　クリスマス・エッグを掲げて。はい、にっこり！」

記念写真には、穂乃果だけが、かたい表情で写っているにちがいない。

その夜も、お母さんとお父さんは帰りが遅くなりそうで、テーブルに、ラップをかけた夕食が用意されていた。年末に向けて仕事のペースが速まり、クリスマス前まで、こんな日が続きそうだと言っていたっけ。

レンジで温めた夕ごはんを、穂乃果は半分以上、残してしまった。児童館の帰りに、麻衣と寄ったファーストフード店のポテトが、まだおなかに残っていたし、それに――。

「乃愛ちゃんにメールしてみようか？」

あのうわさ話が気になって、何も手につかない。見まちがいだよ、と笑われたら、それでホッとする。あるいは、乃愛の本当のおじいさんだったのかもしれないし。

「聞いてみよう。考えてたって、しょうがない」

穂乃果は思いきって、スマホから乃愛に電話をかけてみた。すぐに乃愛が出た。

「あ、ごめんなさい。こんな時間に」

「米田さん、だよね？」

「う、うん。あ、あのね、アッパーガール、おめでとう」

まず言おうと考えていた言葉を口にした。

「あれは、ママが勝手に応募したんだ」

乃愛の返事はクールだったが、穂乃果に対する口調には温かさが感じられたので、穂乃果は勇気づけられた。

「乃愛ちゃん、あ、あのさ」

「なに？」

「聞いてもいい？　最近、サナキさんと会った？」

「会ったよ」

一秒の間もおかない答えだった。そして、

「砂名木さんに、どうしてもってお願いして、柴山台のアトリエにも連れてってもらった」

と、うわさどおりのことを、なんでもなさそうに言った。穂乃果は、うろたえた。

「な、なんで……」

「わたし、建築家になりたいんだ。去年あたりから決めてた。ママはスターになってほしいみたいだけど、わたしの中では、もう決めてる。柴山台のアトリエには、いろんなものがあるから、見たかった。名刺の番号に電話したの。砂名木さんは、はじめは困ってたけど、『連れてってもらえなきゃ、わたし、明日はどうなってるかわかんないんです』って言ったの。自分でもはずかしいくらい、泣いちゃってた」

「……」

「だって本当のことだもん。わたし、家にいると息苦しくなるんだ。ママのこと考えて絶望しちゃう。衝動的に明日、死んじゃうかもって、びくびくしてる。嘘じゃないよ。学校の裏門を開けたって、それじゃぜんぜんダメ。わたし、毎日うすーい薄い氷の上を歩いてるみたいな感じ。いつ割れるの？　いつ？　いつ？　いつ？　いつ？って、叫びだしそうになる」

「……乃愛ちゃん」

「そういうこと、ぜんぶ、砂名木さんに話したよ。そしたら、やっとオッケーしてくれた」

穂乃果はだまり、乃愛がとぎれなくしゃべり続ける。

「一時間くらいかな、話をしたんだよ。建築の写真集を見せてくれた。この間みたいに、ココアもくれた」

乃愛の声は、明るくなっていた。

「砂名木さんがね、乃愛って、いい名前ですねって言うの」

穂乃果の心に、ポチッと小さな黒いシミが生まれた。だって、サナキさんは、穂乃果に言ったんだ、穂乃果っていい名前ですねって。

「聖書に『ノアの方舟』って話があるんだって。大洪水になって、地球が流されちゃうとき、その方舟に乗った人だけは助かって、新しい世界を創るの。あなたのお母さんは、自分の娘に『どんなことがあっても生き残る力』を授けたんでしょうって」

乃愛は、すずやかに笑う。

「ほんとかどうかわかんないけど、砂名木さんの言ったことを信じようと思った。砂名木さんに会えて良かった。世の中には、いい大人がいるんだって知って、希望が持てた」

「……」

「わたし、これからは、ママの人形じゃなく、自分のために自分で行動するつもり。いいよね？　まちがってないよね？」

「う、うん……」

「言いたいこと言って、やりたいこと、なんでもやって」

「うん……」

「未来に光が見えてきたのは、サナキさんのおかげだな。ううん、米田さんのおかげかも。

米田さん、ありがとう」

「そんな――、わたしはなんにも――」

「忙しくなくなったら、また二人で柴山台へ行こうね」

その言葉は、穂乃果のほうがかけるべきなのに、なぜ、乃愛に言われなきゃならないんだろう？　サナキさんと知り合いだったのは、穂乃果のほうじゃないか。

「電話ありがとう、米田さん」

「……う、うん。じゃあ……」

電話を切ろうとしたとき、

「待って！」

乃愛の、悲鳴にも似た声が響いた。

「続きがあるんだ」

「えっ？」

「砂名木さんちに行った二日後かな、うちに児童相談所の人たちが来たんだよ」

スマホに耳を押しつけなければ聞きとれないほどの、秘密めかしたささやき。

「児童相談所？」

「誰かが通報したんだって。誰だと思う？　砂名木さんかな？」

「……わかんない」

穂乃果が低く答えたとたん、今度は大きな笑い声に変わった。

「アハハハハ、米田さんにわかるはずないよね。わたしにもわかんないもん」

「……」

「でもね、それからママは変わったよ。苦しんでるみたいに見える。ああ、ママも苦しむんだって驚いた。なんだ、わたしとおんなじじゃないか、ってね」

「……」

「続きはそれだけ。ありがとう、聞いてくれて。わたし、自由になれそう」

乃愛は「またね」と言って、電話を自分から切った。黒い画面に変わったスマホをにぎりしめ、穂乃果は心のざわめきをおさえられずにいた。


乃愛はあこがれだった。少し前までは、乃愛に声をかけられたり、笑顔を向けられたりするだけで、穂乃果の世界はバラ色になった。

それなのに、なぜ今は、乃愛がこんなに憎いんだろう？

「サナキさんはわたしの友だちなのに」

穂乃果の心が、叫ぶ。乃愛は何もかも持っているじゃない？　目を見はる美しさも、たくさんの友だちも、スターへの道さえも。

「サナキさんまで横取りしないで！」

闇色のペンキがあったら、乃愛の頭からつま先まで、ぬりつぶしてしまいたい。そうすれば、乃愛がこの世界から消えてくれる……。


よく朝、穂乃果のもとに、麻衣が真っ先に駆け寄ってきた。

「レインボーレター、何、書いた？」

「たいしたこと、書いてないよ。今日の出来事、みたいな感じになっちゃった」

「だよね。深刻なこと書くと、おおげさに心配されるもんね」

ランドセルから出した、緑色のルーズリーフ・バインダー。担任の三上先生に悩みごとを相談するためのノートが、穂乃果の番に当たっていた。だから、穂乃果は『闇色のペンキ』を使った。

一組の倉橋さんが、知らないおじいさんの家へ
遊びに行ったといううわさを聞きました。
倉橋さんが心配なので、書きました。
わたしが書いたことは、ぜったい、ないしょにしてください。

教壇に持っていくとき、穂乃果の指はふるえていた。ノートは、先生が来る前に、先生のつくえに置いておくことになっている。ノートを出せば、大ごとになって、乃愛が呼び出され、乃愛の口から穂乃果の名前も出るかもしれない。「米田さんもいっしょでした」そう言われたら、もっと複雑なことになってしまう。穂乃果は頭の中で、最悪な場面をいくとおりもシミュレーションしていた。

「穂乃果、どうしたの？　出さないの？」

すぐとなりに、麻衣が立っていた。

「あ、うん。出すよ、出す。字をまちがえちゃったかなって思って」

緑のバインダーは、先生のつくえに置かれた。もう引き返せない。

「穂乃果、今日は英会話だから、遊べなくてさみしいよぉ」

麻衣のあまえた声が、穂乃果の不安を少し、薄めてくれた。
嘘は書いてないんだ、おそれることはない。
乃愛やサナキさんを失っても、目の前には、麻衣がいる。

15
永遠に消えないプレゼント

今日は麻衣と遊べないから、ひとりで何をしようかな、なんて考えながら、穂乃果が家へもどると、集合ポストに水色の大きな封筒が入っていた。封筒はお父さん宛てで、下のほうに病院の名前が書かれている。
「なんだろ?」
そういえばお父さんが、日曜日に言ってたっけ。もうすぐ、会社でやった健康診断の結果が送られてくるって。それが、これかもしれない。

お父さんは見たところ、とても元気だけど、調べてみたら悪いところがあった、なんてことがあるのかも……。サナキさんだって、あんなに元気そうなのに、病院の検査で病気がわかったって言ってたもん。

「死って、なんだろう?」

忘れていた疑問が、また頭によみがえり、穂乃果は大きく頭をふって、階段を駆け上がった。鍵でドアを開け、リビングのテーブルに、夕刊といっしょに水色の封筒を置く。手を洗って、お母さんが用意してくれたクッキーを食べる。そうしたらもう、やることがなくなってしまった。

「今日は宿題もないしなぁ」

ソファにすわって、何度も読んだマンガを、もう一度、開く。時間はのろのろと過ぎていく。

「もうすぐ四時かぁ」

気にしないはずだったのに、どうしても気になる。穂乃果は小さな子どもみたいに、ソファに逆さにすわり、ベージュのひんやりした窓わくにあごをのせた。前に、こんなふうにしていたときのことが、ずっと昔に思える。

「四時の電車に、サナキさんが……」

見おろした電車の窓に、サナキさんの姿はなかった。ということは、駅の石段のところにすわって、待っているんだろう。誰を？　乃愛を？

「それとも……わたしを？」

いてもたってもいられなくなった穂乃果は、クローゼットから一番お気に入りのコートを選び、ポケットにマカロンをしのばせて、外へ出た。

「サナキさんに会いに行かなきゃ！」

サナキさんとの時間は、友だちや家族とおしゃべりするときより、リラックスできる。

ふだんは心の奥にしまった、自分のキャラらしくない言葉や、まじめな話題なんかも、思ったまま口に出せる。自分も知らなかった新しい自分に気づいたりする。

ほんとはやっぱりサナキさんのことが大切なんだ、と胸が痛くなるほど思った。

外は十二月にしては暖かく、駅ビルはクリスマスセールのカラフルな垂れ幕で、はなばなしい。人通りも多い。

そんな風景の中に、サナキさんはいた。いつものように石段にすわり、つえをひざにたてかけて。前を通り過ぎる人の群れを、見るとはなしに見守っている。その姿は、はかなげなような気もするし、逆にはりつめた糸のような強さも漂わせている。

サナキさんは同じ姿勢のまま、ずっと、人の波を見ている。暮れてゆく町を見ている。

駆け寄っていくはずだった穂乃果の足が、人ごみにまぎれて止まっていた。

(あの人は、自分自身を待っているんだよ)

麻衣の言葉が、浮かんできた。サナキさんの視線は、何を追っているんだろう？ 人ごみの中にいる穂乃果に気づきもしない。あたりをよく見渡せば、すぐにわかるはずなのに。

サナキさんは、まっすぐ前しか見ていない。

どうして？ 何を見ているの？ 本当は誰を待っているの？

四時をとうに過ぎたというのに、穂乃果は電柱のかげに隠れ、動けずにいた。サナキさんは、石段にすわり続けている。

十分が過ぎ、二十分が過ぎても、サナキさんは立ち去ろうとしない。

乃愛も来ない。

サナキさんは、がっかりした様子もなく、ただ何かを待ちながら、人や町を見ている。

視線の先には、厚手のコートで太った人たちの群れや、ビルの金ピカなネオンサイン。

だけど、それを見ているわけでもない。

「サナキさんは……時間が流れるのを見送っている……そう言ってたっけ」

止まることなく過ぎていく時間。誰の前も、同じ速さで通りぬけていく時間。形のない

〝時間〟というものを、サナキさんはじっと見ている。目をそらさず、逃げ出しもせず。

「待っているのは……わたしじゃないのかも」

初めて、穂乃果はそう感じた。穂乃果のいる電柱の前を、派手な飾りの宣伝カーが、大きなボリュームでコマーシャルソングを鳴らしながら走り去っていく。通りにいる誰もがふり返ったのに、サナキさんだけは視線を少しも変えず、ただ前を見ていた。

穂乃果はもう、そこから飛び出すことができなかった。


空は、夜の深い色に変わり、ほおが寒さで赤くほてってきた。駅ビルのチャイムが五時を告げたあと、石段はついに、からっぽになった。それでも穂乃果は、電柱のかげにたたずんでいた。


おじいさんと小学生の女の子が心を通わせるなんて、そんなことはやっぱり無理だったんだ。ありえないことだったんだ。穂乃果にとって楽しい日々も、サナキさんにとっては、きっと気まぐれ。話し相手は、乃愛でも、誰でもよかったんだろう。

「もう窓を見るのは、やめよう。四時に、ここを通るのも、ぜったいやめる」

サナキさんは、関係のない人になる。砂名木芯という名前も知らない。

学校の裏門はあいかわらず開いていて、廊下で見かける乃愛は、輝くように美しい。

でも、穂乃果はもう、すれちがっても乃愛に目を向けない。乃愛からの連絡も、あれ以来、一度もない。

穂乃果の毎日は、すべてが元どおりになった。放課後、麻衣の家に行ったり、麻衣が穂乃果の家に来たり。

「穂乃果が元気になってよかったよ。本気で心配したんだから。心配し過ぎて、おやつも食べられないくらい」

「やだな、麻衣。わたし、そんなに変だった？　べつにいつも元気だったはずなのになぁ。それに――」

「それに？」

「麻衣の体重、変わってないよね？」

「もー！　人が気にしてることを！　ふんっ、心配して損した」

言葉とは裏はらに、麻衣が大笑いする。つられて、穂乃果も声をたてて笑う。隠しごとのない、おだやかな日が続いていく。

お父さんの健康診断の結果も、どこも悪いところはなく、ホッとした。

「まだまだ子どもだと思っていたのに、親の心配をするとは、ずいぶん大人になったもんだなぁ」

と、お父さんは喜んだ。

「だって、わたし、もうすぐ最高学年だよ」

「そりゃそうだ。もう大人だな」

十二月なかばに、秋田のおじいちゃんが、一週間、泊まりに来た。クリスマスのお祝いもあるけれど、仕事が忙しいお父さんとお母さんの代わりに、穂乃果の面倒を見ようと思ったのかもしれない。

にぎやかで楽しい毎日が、サナキさんとの日々を忘れさせてくれる。もうちっとも、さみしくなんかない。


児童館のミニ・クリスマスパーティーには、各自、プレゼントを一つ、持って行くという条件がついていた。みんな、手にリボンのかかった箱や袋をかかえて集まった。

「穂乃果は、何持ってきたの?」

「ひ・み・つ。当たった子の、お楽しみ」

ヒイラギのラッピングペーパーでくるんだ穂乃果のプレゼントは、かたくて小さい。中身は、サナキさんからもらった木組みのマカロンの家だ。もちろん、マカロンも入っている。

サナキさんに会わなくなった今、宝物はがらくたに変わった。知らない誰かの手に渡って、サナキさんとの思い出もすべて消えてしまえばいい、と穂乃果は願った。

そして――、木組みの家は、児童館のおねえさんの手に渡った。おねえさんはビンゴで一番になり、数あるプレゼントの中から穂乃果のものを選んだ。

「すごい！　こんな高そうなの、誰が出したんだろう？　もらっちゃっていいのかな？」

マカロンは、永遠に穂乃果の手から離れていった。穂乃果は（これでいいんだ）と、自分に言い聞かせた。


ところが翌日には、どうしたことか、児童館のおねえさんが穂乃果の家にやって来た。

木組みの家とマカロンを返しに来たと言う。

「せっかくいただいたのに、ごめんね。でも、ほら、クマさんの足の裏のとこ。あと、このお家を引っくり返して、すみっこのほうに――」

おねえさんが指さしたところには、小さな小さな文字が彫ってある。もちろん、穂乃果も気づいていた。木材の記号か何かかと思って、気にしていなかった。それほど小さな文字だ。

「虫メガネでよーく見たら、ドイツ語でリープリング　ホノカって書いてあるのよ。日本語にすると、親愛なる、とか大切な穂乃果さま、ってところかしらね？　だから、これは――」

おねえさんは木組みの家とマカロンを、穂乃果の手の中に押しこんだ。

「穂乃果ちゃんが大切にすべきものなのよ。悪いけど、お返しするわね」

おねえさんが帰ったあと、穂乃果はため息をついて、つくえの引き出しの奥の奥に、木組みの家とマカロンをまた、しまいこんだ。


返ってきたといえば、三上先生の『レインボーレター』も、穂乃果のもとに届いた。終業式の二日前、三上先生から渡された緑の封筒がそれだ。家に帰ってから読めばいいものの、穂乃果は待ちきれなくて、小さくたたんだ手紙をポケットに押しこみ、休み時間のトイレで開けた。

情報をありがとう。倉橋さんと、一組の担任と、わたしとで話をしました。そのおじいさんは、有名な建築家だそうで、倉橋さんは熱烈なファンだったので、一度だけ、ひとりで家まで遊びに行ったそうです。知らない人の家へひとりで行くのは、どんなに危険なことか説明しました。
倉橋さんは、わかってくれたので、安心してください。
教えてくれて、ありがとう。

からだから力がぬけていくのを、穂乃果は感じた。乃愛は、穂乃果の名前を出さなかった。乃愛の、まっすぐで力強い瞳と、あずき色の背中が、交互に浮かんでくる。

それからの穂乃果は、平和な毎日を送っている。学校では、あまり目立たない存在。だけど、麻衣という明るい親友にも恵まれて、学校生活はまあまあだ。

家ではお母さんが在宅勤務になり、ほとんどそばにいるようになった。はじめはうれしかったのに、「宿題したの?」とか「またマンガ?」などと言われ、少しうるさくなってきた。でも、家族三人、仲はいい。

修理中の社宅は、来年の夏前には、部分的に新しくなって生まれ変わるらしく、昨日は完成予想図が送られてきた。CGで描かれた絵は、まるでホテルみたいで、楽しみでしょうがない。


年が明けて、今年初の登校日に、乃愛が転校したことを学年集会で知らされた。

クラスにもどってすぐに、三上先生が、

「倉橋さんは、長野へ越したそうですよ」

と教えてくれると、みんなが、

「東京で、アッパーガールになればいいのに」

「もったいなーい」

「もう会えないなんて、さみしい」

口々に嘆いた。

穂乃果の胸がズキンとした。『レインボーレター』を出した日からずっと、後ろめたい想いがつきまとっていた。どんなに楽しいことをしていても、心の底に、あの夜の暗い目をした乃愛の影が残って、それを消し去ろうと努力してきた。

サナキさんを忘れるのと同じくらいがんばって、乃愛のことも考えないように、考えないようにし続けた。冬休みのにぎやかさにまぎれ、やっと気持ちが落ち着いてきたところなのに……。

（乃愛はもうこの町にいないの？　わたしが先生に言いつけたせい？）

つげ口をしたのが誰なのか、乃愛はもちろんわかっているはず。なのに、穂乃果に怒りもせず、責めもせず、いなくなってしまった。

怒られなかった分、よけい穂乃果の罪が重くなった気がした。

なんで、あんなことをしちゃったんだろう？　と、今は思う。

（あのときは……）

くやしかったんだ。乃愛のぬけがけに対する怒りもあるけれど、それ以上に乃愛という存在を〝こわい〟と思った。

美しい乃愛。

注目をあびる乃愛。

言いたいことが言える、はっきりした性格の乃愛。

穂乃果があこがれるすべてを持っている。

強いあこがれは、裏返されて嫉妬になり、そばにいたらはじかれそうな〝こわさ〟に変わった。

でも、ほんとは、それだけじゃない。

乃愛のＳＯＳが自分にまっすぐ向けられているのが、こわかった。こわくて、重くて、しらんぷりしたかった。

乃愛の秘密を知ったとき、ほんとは穂乃果から大人に相談することができたはず。ネットで調べれば力になれたかもしれない。誰かがそうしたように、小学生にだって〝通報〟という手が選べただろう。そこまでできなくても『レインボーレター』には、乃愛のかかえる苦しみを書けた。いや、書くべきだった。

でも、穂乃果はそれをしなかった。

そんなひきょうな自分を忘れたいから、乃愛を頭の中から消し去ろうとした。

（友だちになれたかもしれないのに……）

手をのばせば届きそうだった人が、世界で一番遠い人になってしまった。

「先生、先生！　倉橋さんの引っ越し先の住所とか、知ってますか？」

後ろのほうから声があがった。うちのクラスにも乃愛ファンが多いので、どこかでつながっていたい、と思うのだろう。

「くわしいことはまだ知らされていないけれど」

先生は、みんなを見渡しながら、言葉を続けた。

「長野のフリースクールのような学校へ通うと聞いています。芸術に力を入れた学校で、敷地内の寮で暮らすそうですよ」

「えーっ、ひとりで？」

クラス中が、ざわついた。

「勇気あるなぁ。ひとりで寮生活？」

「大人みたい」

「わたしにはムリムリ。ママやパパがいなきゃ、さみしいもん」

「でもかっこいい。倉橋さんらしい」

男子がふざけて、

「アッパーガールの賞金で転校するなら、オレに金くれー！　ゲーム機百台、買ってやる！」

と叫んだので、しんみりした空気が明るく変わった。

それからは、いつもの朝と同じ。

先生が出席をとり、冬休みの宿題を集め、クラス委員が朝の会を始めて――。でも穂乃果は、乃愛のことを考え続けた。

自由になれそう、と最後に言った乃愛。

この学校から飛び出して、引っ越しを決めたのは、きっと乃愛自身。苦しみから逃れるために、お母さんと別れて、新しい〝乃愛〟を創ろうとしているにちがいない。

長野には、サナキさんの名建築がある。乃愛は、それを見たいとあんなにも望んでいたっけ。

（すごいな……）

穂乃果は長い息をはいた。

乃愛はかならず、建築家になるだろう。同じ建築家なら、サナキさんと会う機会もあるだろう。それをうらやましいとは思わない。だけど——。

（裏門、もう開けとかなくてもいいんだね）

乃愛の勇気が、穂乃果にはまぶし過ぎた。

四月には穂乃果たちも最上級生になり、担任はそのまま、三上先生になった。六年を受け持つのは初めてというから、少し頼りない。五年から六年にかけてはクラス替えがないので、麻衣ともいっしょ。たぶん、このまま同じ中学へ進むことになる。

今の穂乃果には、悩みごとがなかった。深く考えたり、あれこれ心配したりするのを止めたから。そのほうが、ずっと楽だし、うまくいくことを知ったから。

（わたしは乃愛みたいには、なれない）

だから、サナキさんや乃愛と出会う前の、いつもの穂乃果でいるのが一番いい。

ゴールデンウィークが過ぎた、五月の午後。

十二才の誕生日を明日にひかえたその日に、穂乃果は小包を受け取った。穂乃果宛の小包なんて、めずらしい。

「秋田のおじいちゃんからの誕生日プレゼントかも」

けれど、差し出し人の欄には、まったく知らない女の人の名前が書かれている。

「もしかしたら、いたずら？　まさか、爆弾じゃないよね？」

おそるおそる開けてみると、箱から出てきたのは、白いハンカチでくるんだ何かだった。

ハンカチを取ったら、

「あっ！」

クリスマス・ツリーだった。人さし指ほどの小さな、木彫りのツリー。小さいけれど、星や人形の細かい飾りがいっぱいついていて、鮮やかな色もぬられている。

とてもきれいで、温かみがある。

「サナキさんだ」

すぐにわかった。なぜって、約束をしたんだもん。庭のハンカチの木で、ツリーを彫ってくれるって。

「どうして、今ごろ？」

箱のすみに、手紙がそえられているのに気づいた。サナキさんからの手紙だ、と喜んで読み始めたら、ちがう人の文だった。書いたのは、差し出し人の女の人らしい。その人は、となり町の大学病院の師長さんで、サナキさんの担当看護師をしていたそうだ。

長い手紙を、穂乃果はふしぎに思って読み始め、そのうち、なみだで文字がにじんできた。

師長さんの手紙には、サナキさんが、あの最後に駅で見かけた日から三日後に、緊急入院したこと、それからずっと病院で暮らしたこと、そして世間にはまだ知らせていないが、おととい、亡くなったことが書かれていた。

「砂名木さんが、ひかくてき体調がよかったころ、これを病室で少しずつ、制作されていました。ご自宅のめずらしい木から彫りあげたものとうかがいました。若い看護師が『ゆずってほしい』と申し出たところ、『大切な友人のために作ったものです』と、きっぱり断られました。

そのとき、わたくしにそっと、打ち明けてくださったのです。

『これは、年若い、かわいらしい友人に贈るクリスマス・プレゼントなのです。その人の喜ぶ顔を思い浮かべると、かたくなった指が魔法のように、よく動きます』と。

また、こんなこともおっしゃっていました。

『この世には、心だけ残したいと願っていたけれど、いよいよ別れが近づくと、大切な人には形も残したくなる。人間とは欲ばりなものですね』

砂名木さんは、それ以来、あなた様のことを時おり、わたくしに話してくださるようになりました。なんでも、去年の夏に視察に行かれたご自分のセンターで、あなた様をお見かけして、あなた様の作られたポスターに感銘を受けられたとのこと。

『それはそれは、すばらしいポスターなのです。家という器の中に心を見いだし、家と家とを並べて家族という絆を作った。無機な建物が、生命に変わった。感動の瞬間でした』

そのポスターの製作者が、協力会社の社員さんのお嬢さんだったこと。薬園町にお住まいの社員さんだとうわさを聞き、電車で薬園町を通過する際、なにげなく車窓をのぞいたら、窓べにお嬢さんの顔を見つけたこと。

『運命というのは本当にあるんですな』

何度もその言葉をわたくしに話してくださったのが、今となっては印象的な思い出です。

砂名木さんの遺言どおり、このお品を郵送いたします。どうか大事になさってくださいませ」

どのくらいの時間、クリスマスツリーをにぎりしめながら、ボーッとしていたんだろう？　ふと気づくと、かべの時計が、もうすぐ四時を指そうとしていた。

穂乃果は窓わくにクリスマスツリーを置き、駅を見おろした。オレンジ色の下り電車が、ホームにゆっくり入ってくる。たくさんの人が乗っている。でもサナキさんがいない……。

白いハンカチが穂乃果めがけてふられることは、もう二度とない。

「そうだ、あれを……」

児童館でのクリスマス・パーティーの翌日から、一度も取り出したことのなかった木組みの家を、つくえの奥から出して来た。小さなドアを開け、マカロンを外へ出してやる。

半月型の目が、うれしそうに穂乃果を見上げた。

「かわいい。ぜんぜん変わってない」

思ったとたん、また、なみだがあふれてきた。

穂乃果は木組みの家とマカロンを、クリスマスツリーといっしょに、窓わくに並べた。

「ぴったりだ」

ドイツ風の家とマカロンとツリーは、最初から三つがセットだったように、サイズが合っていた。

「……ほんとにほんとの外国の町みたい」

窓の向こうは、五月の、まだ明るい空色なのに、窓わくの中だけは、神々しいほど冬の光に輝く十二月の景色に見えた。まるで、音もなく雪が降り積もっていくような……。

「ううん、雪なんかじゃない」

一秒ごとに積もっていくのは、今まで一度も経験したことのない重たい想い……。

この、どうしようもない心の痛みは――。

(もう、サナキさんとは永遠に会えない)

小さなからだでは心に積もる雪をかかえきれなくなり、穂乃果は窓わくの下のソファにうずくまると、小さな子どものようにわんわん声を出して泣いた。息がつまるほど泣いた。

「ごめんなさい、ごめんなさい――」

サナキさんと過ごした日々が、映画の場面みたいに、つぎつぎ頭に浮かんでは消える。目をつぶれば、あの小さな公園がくっきりと見えてくる。夕暮れどき、誰もいない砂場、風に運ばれてくる電車の音、真新しいベンチ……。

そこにサナキさんがいて、穂乃果がいて、

「乃愛ちゃんもいた……」

三人の時間を忘れはしない。だまっているときでさえ、おたがいに心が通じ合っている気がした。帰る時間が来るのが惜しかった。いっしょにいるだけで安心できた。

あれが友情じゃなければ、何が友情なんだろう？

サナキさんのやさしい声がよみがえる。

「気にせんでください」

その言葉が、穂乃果を励ましてくれる。穂乃果はようやく顔を上げることができた。

窓ごしに晴れた空を見上げたら、乃愛の声も心に響いてきた。

「わたし、自由になれそう」

穂乃果の胸がぐっとつまった。それは懐かしさのせいばかりじゃない。

乃愛がこの学校から、この町から離れるきっかけになったのは、たぶんレインボーレター。取り返しのつかない想いは、これからもずっとつきまとい、ふり返るたび苦しくなるだろう。

変えたくても変えられない思い出。でも——乃愛のように、明日の〝自分〟なら変えられるかもしれない。

「わたしも自由になりたい。ううん、自由にならなきゃ」

もう決して誰かを傷つけたりはしない。

これからは、まわりの目なんか気にせず、すきなことは、すきと言おう。まちがっていることは、ちがうと言おう。

自分の心に正直になりたい。会えないとわかっていても、あのときのまま、乃愛とサナキさんとは本当の友だちでいたいから。

「乃愛ちゃん、サナキさん……ありがとう……」

なみだを手でぬぐったら、窓わくに並べたマカロンと目が会った。半月型の目がにっこり笑っている。

『サナキさんにそっくり』

穂乃果は窓に手をのばし、両方のてのひらで、そっとマカロンをつつみこんだ。

「マカロン、ずっといっしょにいようね」

てのひらに力をこめ、ギュッとにぎりしめたとき、なめらかな木の感触とともに伝わってきたものがあった。それが、サナキさんが最後にくれたもの。見えないけれど、永遠に消えることのない大切なプレゼントを、穂乃果は今、確かに受け取った。

おわり

田村理江　たむら りえ

東京都生まれ。成蹊大学文学部日本文学科卒業。日本児童文学者協会第15期文学学校を修了。「15期星」同人。おもな作品に、『リトル・ダンサー』、『ひみつの花便り』、「謎解きカフェの事件レシピ ゆめぐるま」シリーズ（すべて国土社）、『夜の学校』（文研出版）、『コスモス・マジック』（フレーベル館）など。脚本作品に『空気のようなボクだから』（NHK東京児童劇団第45回公演）などがある。

北見葉胡　きたみ ようこ

神奈川県生まれ。武蔵野美術短期大学卒業。2005年、2015年ボローニャ国際絵本原画展入選。2009年『ルウとリンデン 旅とおるすばん』（小手鞠るい作／講談社）でボローニャ国際児童図書賞受賞。絵本に「グリム童話」シリーズ（岩崎書店）、塗り絵絵本に『花ぬりえ絵本 不思議な国への旅』（講談社）、書籍装画に「はりねずみのルーチカ」シリーズ（かんのゆうこ作／講談社）などがある。

窓の向こう、その先に

2024年11月30日　第1刷発行

作　者　田村理江

絵　北見葉胡

発行者　小松崎敬子

発行所　株式会社 岩崎書店
〒112-0014　東京都文京区関口2-3-3　7F
03-6626-5080（営業）　03-6626-5082（編集）

装　丁　北見麻絵美

印　刷　株式会社光陽メディア

製　本　株式会社若林製本工場

ISBN 978-4-265-84053-3　NDC913　176P　22×15cm

岩崎書店HP　https://www.iwasakishoten.co.jp
ご意見ご感想をお寄せください。info@iwasakishoten.co.jp
乱丁本・落丁本は小社負担でおとりかえいたします。